생의 간이역에서

생의 간이역에서

홍영숙 지음

한국문화사

저자와의
협의하에
인지생략

생의 간이역에서

초판인쇄   2009년 6월 10일
초판발행   2009년 6월 20일

지 은 이   홍 영 숙
펴 낸 이   김 진 수
펴 낸 곳   **한국문화사**
등   록   1991년 11월 9일 제2-1276호
주   소   서울특별시 성동구 구의로 3 두앤캔B/D 502
전   화   (02)464-7708 / 3409-4488
전   송   (02)499-0846
이 메 일   hkm77@korea.com
홈페이지   www.hankookmunhwasa.co.kr

값 9,000원

ISBN 978-89-5726-670-0 03810

오월의 봄날

집 뜰에서 바라보는 산과 들, 가볍게 걸어보는 오솔길도 연둣빛으로 물드는 아름다운 오월이다. 낡은 벤치에 앉아 읽던 책을 놓고 눈을 감는다. 새소리, 바람 소리, 얼굴을 간질이는 햇살이 빚어내는 텅 빈 충만감에 생명의 숨소리가 들려온다. 고요한 소리에 귀를 기울이니 마음 깊은 곳에서 감사함이 샘물처럼 고여 온다.

노을빛을 닮아가는 삶 속에서 되돌아보는 먼 길들, 햇살처럼 부서지기도 하고 잿빛 안개 속에 사라지기도 한다. 불러도 대답 없는 이름들, 그리움으로 별과 달이 되기도 하고 강물 소리로 흘러가기도 한다. 굽이굽이 꼬리를 물고 이어지는 길 위에 신기루처럼 나타나고 사라지는 풍경과 사람들의 모습과 목소리가 들려온다.

시장 거리를 배경으로 야트막한 담쟁이덩굴 담장 골목길의 막다른 집의 평화와 행복이 소리 없이 문을 연다. 고드름이 슬레이트

지붕을 타고 내려오는 한겨울의 마루에는 햇살이 따사롭다. 뜨개질하던 젊은 여인의 손놀림에 어린 두 자매는 초롱초롱한 눈으로 실 뜨개 놀이에 빠져 있다. 연이어 살면서 위안이 되어준 자연의 세계가 펼쳐진다. 뾰족탑의 성당과 보육원 뒤 대나무 숲으로 이어져 마을을 감싸던 금련산이 우뚝 위용을 떨친다. 신작로 길을 따라가던 논밭의 정경과 분뇨 냄새를 풍기던 지게 진 농부의 어깨가 황톳길을 걸어가고 있다. 멀리 수영 비행장에서 솟아오르던 비행기를 내려다보던 학교 뒷산, 송림을 지나 찾아가던 광안리 해수욕장의 파도소리와 백사장이 안개처럼 피었다 사라진다.

미래에 대한 불안감으로 습기 차고 눅눅했던 우울의 기억들이 빚어낸 문학과의 조우와 망망대해의 고독에서 느꼈던 신의 존재는 무채색의 세계를 가득 채웠다 사라진다. 남보다 늦게 들어선 교사의 길과 태내에서 사라져 버릴 생명을 탄생으로 축복해준 신의 은혜는 늘 감사할 따름이다. 운명으로 만난 가족 친지와 수없이 만나고 헤어졌던 인연을 떠올린다. 마음속에 감사함으로 살아있는 이들을 위해 기도할 수 있음을 기쁘게 생각한다.

바람에 흔들리는 나뭇잎과 말없이 변함없이 제자리를 지키는 산과 흐르는 강물을 바라본다. 지나온 삶의 길은 신의 무한한 사랑이었음을, 그리고 '진실한 마음과 지고지순의 사랑으로 살아라'라는 묵언의 가르침이다.

날마다 감사로 시작해서 감사로 끝내는 삶을 영위하려면 덜 후

회하고 더 많이 사랑하며 살아야겠다. 그 작은 염원으로 생의 간이

역에서 부끄러운 글들이지만 그동안 써놓은 글을 모아 봄날의 향

기로 남겨놓는다.

이천구년 오월 무르익은 봄의 뜰에서

茶亭 홍영숙

『간이역』에서 쉬어가기

설성경 (연세대 명예교수)

이 시대의 우리는 너나 할 것 없이 너무나 바쁘게 살아간다. 게다가 온난화 현상에 따라 가끔은 '여름 같은 봄날'을 피할 수 없으니 우리가 자초한 온기와 열기 때문에 거대 냉방기 속에 점차 갇히고 있다.

"바쁠수록 돌아가라"는 속담처럼, 나를 찾아 돌아보거나 시원한 문학공간에서 쉬어가는 지혜가 더욱 절실하다. 이러한 때에 수필 집 『생의 간이역에서』는 '나는 어디에 있고, 지금 무엇을 생각하며 살아가고 있는가'를 되돌아보게 한다.

이 수필집은 필자가 특유한 빛깔로 가꾸어온 '인생 코칭'의 노하우를 어둠을 밀어내고 다가오는 새벽 같은 분위기로 독자에게 은

은히 속삭여준다.

작가 다정 홍영숙은 교사로서의 활동과, 작가로서의 활동을 상호 보완적으로 해가는 소위 '멀티 액션'의 길을 옹골차게 달려왔다. 주변 사람은 그를 평하기를 "가까이서 보면 여유롭고 느리지만, 멀리서 보면 진지하고 빠른 생활을 하는 '완속 회통(緩速會通) 형 여인"이라 한다.

모두 4장으로 엮은 이 작품집은 <사랑과 그리움을 노래하다>, <마음의 청정밭을 꿈꾸다>, <흐르는 강물에 추억을 묻다>, <교실 창가에서 속삭임을 듣다>라는 중간 제목으로 우리 앞에 다가온다.

이들 작품은 교사로서의 경험, 가족과 친지와의 관계 속에서 살아가는 주부로서의 경험담을 원천 소재로 삼고 있다. 그에게는 이런 소재를 일정한 숙성의 과정을 거치면서 자신의 문학의식의 저변을 이룬다. 같은 빛깔이면서도 때로는 민들레처럼 잔잔하게, 때로는 해바라기처럼 열정의 정서로 변용해내는 능력이 숨겨져 있다.

이런 문학적 재능은 타고난 감성과 오랜 수련의 결실인 것 같다.

홍작가는 자신이 지향하는 삶의 중심을 아동을 가르치는 교사로서의 충실한 역할과 보람에 둔다. 그러면서도 그간 대학원 과정을 통해 '문학교육'과 '예술교육'의 학위논문을 작성하면서, 그 분야의 전문적 지식을 습득하였다. 그 결실은 이론적 학습과 그 실천적인 창작 행위로 조화를 이루어 수필가로서는 물론 시인으로, 동화 작가로의 창작 활동으로 나타나고 있다.

작가가 지닌 이러한 개성은 한마디로 요약하면, 그의 수필의 기저에 놓인 '코칭 패턴'이라 할 만하다.

'코칭'의 의미를 사람을 변화시키는 대화의 기술이라 본다면, 홍작가의 수필은 교육 현장에서 터득한 소담한 경험으로 이루어진 일상생활을 무지개 빛깔로 굴절시켜 크고 작은 수필의 담론으로 전환함에 있다.

평범한 생활같이 느껴지는 갖가지 현실을 그냥 지나치지 않고, 그 빛과 그늘을 감성적 언어로 표현하여, 우리 독자한테 대화를 걸어와 결국 상대로서의 이웃과 세상을 바라보고 새로운 교감을 자아내게 한다.

특히, 한국인은 물론 다국적 이웃까지 소통의 상대로 하여 탐구 해내는 인간형은 인간미 넘치는 사람이라는 공통성을 갖는다. 그 러면서 때로는 정신적인 지배자 스타일, 상대의 긍정적 감정을 유발하는 촉진자 스타일, 주장은 약하지만 감정적 유대를 형성하 는 조력자 스타일, 주장과 감정적 유대가 약한 분석가 스타일 등을 홀로 보여주기도 하고, 서로 섞어서 보여주기도 한다.

이런 인간 심성과 행동 양식의 발굴이 가능한 것은 결국 홍작가 가 하나의 태극과 같은 항속의 지점을 유지하면서도 독자에게 때 로는 할머니와 아주머니의 목소리로, 때로는 소녀와 유아의 목소리로 세상을 향해 열린 이야기를 하는 작가이기 때문이 아닐까? 아니면, 다시점의 눈으로, 그것도 겹눈으로 보면서 독자의 마음속 의 마음에서 우러나오는 순수 정서를, 때로는 망원의 시야로, 때로 는 현미의 세계를 시야로 독자한테 제공해주고 있기 때문일까?

아무튼, 이 수필집에 실린 작품을 통해서 작가는 겪은 삶의 여정 을 지금 중간 결산하듯 '간이역에 쉬어가는 기차의 승객처럼' 우리 에게 살포시 들려주고 있다.

이 세상에 태어난 존재의 의미를 가장 황홀하게 느낄 때, 생활 속의 크고 작은 갈등이 고통을 줄 때, 문학 활동을 통해 더욱 자신 을 성숙시켜 온 작가의 삶의 지혜를 우리와 나누어 가지려고 이 '간이역의 담론'으로 수필집을 내놓은 것일 것이다.

다정 홍영숙은 부산 광안리에서 태어나, 그 광안리가 조용한 바닷가 마을로 한 폭의 '농촌 풍경'을 닮았을 때의 기억을 지우지 못한다. 지금은 중년의 교사로서 맑은 눈빛을 가진 아이들을 가르 치면서, 누구는 건강한 몸으로, 누구는 장애의 몸으로 같은 배움의 자리에서 맑은 계곡물처럼 조잘대며 바라보는 아동의 천진무구한 세계가 겹치는 때의 '분주 속의 적막감'을 자신의 마음거울을 보듯 이 닦아내며 이 수필집으로 엮어내었다.

우리는 자칫 쉬임없이 전생을 전속력으로 완주하고 죽음이라는 돌이킬 수 없는 종착역에 가서 자신의 삶을 바라보고 성찰하는 회한의 순간을 맡기 쉽다. 그러기에 이 수필집『생의 간이역에서』

는 우리가 바쁜 삶일수록 조금은 여유를 가지고 간이역 같은 중간 중간의 삶에서, 또는 나날의 생활 속에서 살아가라고 넌지시 일러 준다. 새벽의 새벽다운 의미를 만끽하며 살아가는 한 폭 풍경화 속의 주인공으로 살아갈 수 있는 지혜와 마음의 향기를 전해주기 에 부족함이 없다.

차례·····

1부
사랑과 그리움을 노래하다

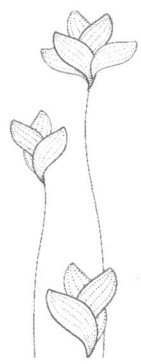

2부
마음의 청정밭을 꿈꾸다

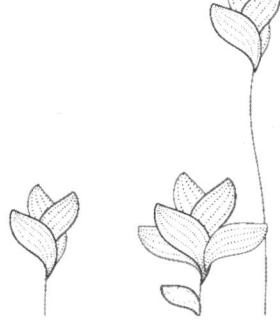

사랑과 그리움을
노래하다

"아버지!"
부르면 금방이라도 대답해주실 것만 같은데 대답이 없다.
찾아 가기만 하면 언제나 반가이 맞아 주며 영원히 살아 계실 줄로만
알았는데 뒤늦은 깨달음에 회한만 가득 하다.

그리운 할머니

　매월 마지막 목요일과 금요일은 학교 월중행사인 폐휴지 수집일이다. 오늘도 학교 앞 정문으로 들어서는 순간 소란스러움과 북적거림이 어수선한 분위기를 자아내고 있다. 고개까지 갸웃거리며 부자연스러운 몸짓으로 낑낑대며 폐휴지를 들고 오는 학생의 낯익은 모습에서부터 각양각색의 진풍경은 생동감을 느끼게 해준다.

　어려운 가정환경을 꾸리느라 자녀를 제대로 돌보지 못하는 미안한 마음을 보상이라도 하듯이, 이 날이 되면 학부형들이 학교에 가장 많이 오는 날이다. 자식사랑을 몸으로 마음으로 보여주는 그 모습에서 따뜻함이 느껴진다. 그러면 수고하는 담당 선생님과 어머니들, 그리고 학교 기사 아저씨한테까지 상냥한 인사와 함께 미소를 짓게 된다.

　"흘린 것은 다 주워서 함께 내."

　그 말에 고개를 돌려보니 이마에 주름살이 쪼글쪼글한 할아버지가 선생님이 학생에게 지시하듯 교육을 하고 계셨다. 그 소리를 듣자마자 "네, 네" 대답하며 주워서 가지고 가는 엄마들의 모습이 눈에 들어온다. 그때까지 그다지 눈에 띄지 않던 할머니, 할아버지의 모습이 여기저기서 보이기 시작하였다. 손자 손녀를 위해 손수 폐품을 들고 와 기록카드를 들고 서 계시기도 하고, 숨을 천천히 몰아쉬며 폐휴지를 놓았다 들었다 하며 운동장으로 들어오시기도 한다. 아이들 곁에서 대견스러운 듯 지켜보는 모습이 무척이나 정다워 보였다.

그 때 인자한 모습의 한 할머니와 눈이 마주쳤다. 전혀 낯설지 않은 얼굴, 사랑으로 가득한 얼굴은 누군가를 닮은 듯하였다. 눈인사를 한 후에 '누굴까' 생각하니 돌아가신 나의 할머니 모습이었다. 울컥 치미는 그리움과 함께 초등학교(그 당시 국민학교) 시절이 되살아났다.

1960년대 초등학교 시절, 그때도 학교행사로 매월 전교생 대상의 여러 가지 수집일이 있었다. 시멘트 포장지가 화장실 용지로 쓰이던 때라 폐휴지 수집이란 언감생심인 시절이었다. 폐휴지 수집일 대신에 '쥐꼬리 수집일', '파리 수집일', '퇴비 수집일'이다.

'쥐꼬리 수집일'은 쥐틀에 쥐를 잡아 꼬리를 잘라 말렸다 성냥갑에 넣어오는 날로 그 당시 집집마다 쥐틀이 없는 집이 없었다. 우리 집도 부엌 구석과 장독대 마당에 쥐틀을 놓았다. 어느 날 갑자기 어머니의 비명에 이어 혀를 끌끌 차는 할머니의 목소리가 들렸다.

"우리 영숙이 학교 숙제감이 잡혔는데 웬 방정이냐?"

"빨리 가위나 가져오너라."

어머니를 나무라던 할머니의 목소리가 지금도 귀에 들리는 듯하다.

"우리 할머니는 쥐도 무서워하지 않고 더러워하지도 않는다."

자랑스럽게 친구들한테 이야기하던 그 철없음까지 대견해하시던 할머니셨다.

"잊어버리지 말고 학교 가거든 선생님께 꼭 내거라."

쥐꼬리를 잘라 말려 작은 성냥갑에 넣어 주시며 몇 번이고 내게 다짐하듯 이르시던 말이다. 그 덕분에 한 번도 가져오지 않았다고 선생님께 꾸중들은 적이 없으니 그 사랑 앞에 감사할 뿐이다. 한 번은 쥐꼬리 대신에 마른오징어 다리를 넣어왔다고 종아리를 피나게 맞았던 남자 동급생의 이야기를 듣고 무척이나 마음 아파하셨다.

"그래도 그렇지, 야단만 칠 일이지, 그 어린것이 무슨 죄가 있다
고 종아리를 피나게 때리누! 쯧쯧……."

손녀를 위해 쥐꼬리를 자르시던 그 손길이 그립다. 매사 손녀 사랑을 최우선으로 여기고 사신 분이셨다.

"잊어버리지 말고 학교 가거든 선생님께 꼭 내거라."

밤낮으로 파리채를 손에 들고 잡은 파리를 작은 성냥갑에 소중하게 넣어 두었다가 줄 때마다 똑같이 반복하던 말씀이다. 그때는 잘 몰랐지만, 그 많은 파리를 잡으려고 팔은 얼마나 아프셨을까?

할머니는 새벽기도를 다녀오시면 언제나 낫을 들고 들판이나 풀밭으로 가셨다. 어느 정도 시간이 지나고 집으로 돌아오는 할머니의 손에는 어김없이 한 움큼의 풀이 들려 있었다. 많지도 적지도 않은 양의 풀을 비가 오는 날을 빼고는 매일같이 가져와 그늘에 말리곤 하셨다. '퇴비 수집일' 날이면 풀어질까 묶고 또 묶어서 학교까지 들어다 주셨다. 그래도 못 미더워 선생님께 내는 모습을 지켜보고 집으로 향하시던 할머니의 따뜻하기만 하던 작은 등이 오늘따라 눈물 나도록 그리워진다.

시간이 흐르고 생활의 풍속도는 달라졌어도 내 가슴에 살아있는 초등학교시절의 여러 가지 수정일은 아낌없는 사랑을 주고받은 축복 받은 나의 어린 시절이다. 먼 훗날 지금의 아이들도 그들 부모나 할머니, 할아버지를 사랑의 이름으로 기억되기를 빌어보며 입속으로 "할머니!"라고 불러본다. 눈가가 젖어오고 웅성거림도 잊은 채 하늘 먼 곳에서 할머니의 모습을 찾아본다.

회한 悔恨

친정아버지가 돌아가신 지 일 년이 되었다. 첫 제사를 위해 중국서 온 남동생, 여동생 가족과 함께 친정어머니를 모시고 안성 천주교 공원묘지를 향했다.

'아버지! 엄마랑 모두 왔어요. 그동안 못 와서 죄송해요. 늘 바쁘다는 핑계로 살아계실 때나 지금이나 아버지를 찾아뵙지 못하네요…….'

"아버지!"

부르면 금방이라도 대답해주실 것만 같은데 대답이 없다. 찾아가기만 하면 언제나 반가이 맞아 주며 영원히 살아 계실 줄로만 알았는데 뒤늦은 깨달음에 회한만 가득하다.

여동생이 걸어 놓은 화환 사진 속의 아버지는 웃고 계셨지만 내 마음은 천 갈래 만 갈래 찢어지는 듯 아파지기 시작했다. 아버지의 마음을 헤아리지 못하고 가슴에 못 박는 일을 얼마나 많이 한 불효녀였는지 내가 잘 알기 때문이다. 자식이라는 존재의 당당함과 부모로서의 당연함만을 내세운 적이 얼마나 많았던가! 그때마다 아버지의 가슴은 난도질을 당했고 바닷물보다 더 시퍼런 멍이 들어 결국은 암이 된 걸 게다.

哀哀父母여 生我劬勞샷다 欲報之德인대 昊天罔極이로다

슬프고 슬프도다 부모님이시어! 이 은덕을 갚고자 한다면 하늘 같아 다함이 없도다.

실력이 없어 고등학교 입시에 떨어진 내 잘못은 인정하지 않았다. 아버지가 원서 써준 탓에 맘에도 없는 학교에 가게 되었다고 돌아가실 때까지 서운해 했던 일을 시작으로 기억은 꼬리에 꼬리를 문다. 스무 살 갓 넘은 둘째 딸을 암으로 먼저 보내고 심장병을 얻으신 아버지셨다. 자식 잃은 슬픔이 누구보다 크셨을 텐데 위로는커녕 아버지 탓으로 돌리는 내게 말씀 한마디 없이 비통하게 듣고만 계시던 얼굴이 되살아난다. 외손자를 길러주느라 십 년 동안 홀애비 신세로 지내게 하고도 고마워할 줄 몰랐던 철부지 딸 때문에 얼마나 외로우셨을까. 생각할수록 가슴이 아려온다. 수술하고 한 달 이상을 병원에 입원해 계시면서도 자식 걱정시키지 않겠다고 연락조차 하지 않으신 적도 여러 번이다. 부모에게 있어 자식의 존재란 무엇일까? 밑 빠진 독에 물 붓는 격이 아니었을까 싶다. 제 자식한테 쏟는 정성 십분의 일만 쏟아도 효를 행하는 것이라고 했는데 알고도 실천하지 못했으니 살아계신 어머니한테만이라도 잘해야겠다고 다짐을 하곤 한다. 불의를 참지 못하고 강직했던 아버지는 마지막 죽는 순간까지 자식한테까지도 신세를 지지 않겠다는 강인한 정신력을 보이셨다. 오래전부터 성당에 나가 세 례를 받고 죽음을 맞을 준비를 해두셨던 모양이다. 묏자리를 사라 고 만 원권 다발로 백만 원씩 만들어 삼백만 원을 농 밑에 넣어 두었고 창원에서 올라오시자마자 병원비라며 이백만 원을 내놓으 셨다. 병실의 입원 환자와 의사들 간에도 새벽이면 일어나 몸을 단정 히 하고 고통을 잘 참는 분이라는 소문도 났다. 췌장암, 담도암으로 수술하면 두 달은 더 살 수 있다는 말을 의사에게서 들은 날이다. 그 성품대로 수술을 거부한 채 그날로 퇴원하는 용기를 내 주위 사람들을 또 놀라게 했다. 어차피 죽을 목숨 자식들 고생시킬 필요 가 없다는 아버지 나름의 소신 때문이라는 걸 알기에 그대로 따를 수밖에 없었다. 물 한 모금조차도 넘기지 못하시는 고통 속에서도 가족들 신경 쓰이게 할까 봐 안간힘을 쓰시는 모습은 처절하였다. 소리를 내지 않고 참느라 입술을 얼마나 깨물었던지 입 주위는 늘 피투성이로 범벅되곤 했다.

중국 근무를 위해 남동생이 떠난 다음 날 주삿 바늘을 뽑고 친척 들을 부르라고 해서 큰외삼촌과 큰 이모님이 다녀갔다. 볼 사람 다 보았으니 이제 땅속으로 간다는 말을 계속하셨다. 금방이라도 눈을 감으실 듯 조바심을 안겨주더니 손짓으로 나를 부르시며 할 말이 있다고 하셨다. 떠나기 전에 한 번이라도 아들 얼굴 더 보고 가려고 내게 신세지는 줄 알면서도 우리 집에 계신 거라며 힘들게 말을 이으셨다. 부모가 아파서 자식 집에 와 있는 게 무슨 큰 잘못이라도 저지른 것처럼 미안하다는 말을 하고 또 하신다. 아들 집에 있고 싶지만 며느리 눈치가 보여 딸 집에 계셨던 게 마음에 걸리셨나보다.

"아버지, 딸자식도 자식인데 내 집이다 생각하세요. 그리고 그동
안 잘못한 것 다 용서해 주세요."

"너 잘못한 것 하나도 없다."

그 말을 끝으로 아버지는 말문을 닫으셨고 아버지 집으로 가신 지 이틀째 되는 날 새벽에 운명을 하셨다. 학교 일로 출근하는 바람에 아버지를 모셔다 드리지도 못하고 가시는 모습도 보지 못했다. 외손자 불편해 한다며 한사코 거실 소파에서 지낸 여러 가지 일들이 떠오를 때마다 가슴이 저리고 눈물이 난다.

친정아버지는 1922년 황해도 장연군 송천리 태생으로 시조인 태상공 홍은열의 남양공파 치암공계 33대손이다. 할아버지 홍종선과 할머니 오선비의 남매 중 2대 독자이며 맏이다. 일제강점기부터 21세기인 2005년 8월 30일 여든두 살로 세상을 떠나실때까지 질곡의 세월을 살다가신 분이다.

아버지가 사셨던 송천리는 우리나라에서 가장 먼저 선교사가 들어와 어머니 교회라는 송천 교회를 설립한 곳이다. 해수욕장으로 알려진 이곳에는 선교사의 별장이 있어 일찍부터 서양문물을 접했다고 한다. 아버지는 교회에서 설립한 부설 유치원 일 년과 보통학교 4학년을 마치고 공립 보통학교 5학년을 시험 쳐서 들어

가 졸업하셨다. 마을 앞을 흐르는 상덕 개울은 여름에는 시원하고 겨울에는 따뜻한 물이 샘처럼 솟아나는 곳이며 여름이면 집집마다 수박을 담가 놓는 마을 공동 냉장고로 유명하다고 한다. 부농은 아니었지만 농사와 함께 기름 집을 하던 할아버지는 소문날 정도로 자식 사랑이 남달랐다. 학교 앞에 오일장이 설 때마다 보신탕을 시켜놓고 점심시때에 만나 먹여 보내고, 겨울이면 논에 물을 대 아버지와 동네 아이들이 스케이트를 타는 스케이트장을 만들어 주었다. 해마다 아버지를 데리고 대장간에 가서는 발에 맞춰 스케이트를 만들어 신겼으며 할머니 몰래 아버지가 적시고 온 솜바지 가랑이를 말려 주다 들켜 부자가 야단을 맞기도 했다는 훈훈한 이야기도 있다. 매월 첫 날이면 월사금 봉투를 학교에 갖다 내게 하고 나중에는 일 년치를 학년 초에 갖다 낼 정도로 자식들 일에 최우선을 두었다. 품삯을 주고 일꾼을 살망정 남매에게는 농사일을 한 번도 거들게 하지 않았다고 한다. 사냥꾼을 따라다니며 종횡무진 돌아다니는 아들에게 무슨 일이 일어날까 틈나는 대로 뒤를 쫓아다니는 할아버지 모습이 눈에 보이는 듯 그려진다. 할아버지는 아버지가 하고 싶다는 일은 적극적으로 앞서서 해주었던 분으로 주변사람들로부터 법 없이도 사는 양반이라는 호칭을 듣고 사셨다고 한다. 아버지의 어린 시절은 무척 행복했으리라 짐작된다. 그러나 이대 독자인 아들이 혹시나 잘못될까 곁에 두려고 집과 농토를 팔아 버린 할아버지 때문에 아버지의 인생항로는 고난으로 이어진다.

　이종 사촌형과 일본으로 공부하러 가려던 꿈이 깨어지자 재산세 문제로 탈락하자 아버지는 돈을 훔쳐 만주로 도망갔다. 사정이 여의치 않았는지 뜻하던 공부는 하지 못하고 일본인이 경영하는 광업소에 취직해 선반 기술을 배웠다. 이 일로 할아버지는 옹진군 옹진읍 도흔리로 이사를 하셨고 한참 후에야 아버지 소식을 듣게 된 할아버지는 위독하다는 전보로 아버지를 불러들였지만 거짓임을 알고는 만주로 다시 돌아갔다. 아버지는 1944년 일본군에 징집되어 군대에 갔다가, 해방되었다는 소식을 듣자마자 그날로 군대에서 도망쳐 나왔다. 집으로 돌아오는 도중 러시아군을 만나 수수밭에 숨어 지내다 나와 하염없이 걷다가 달구지를 얻어 타기도 하며 십일 만에 겨우 집으로 돌아왔다. 할머니와 할아버지는 해방된 날부터 아들이 돌아오면 잔치를 벌이겠다고 막걸리를 담고 만반의 준비를 해놓고 매일같이 역전에 나와 아버지를 기다렸다. 애간장 녹았을 조부모님의 심정이 느껴진다. 아버지가 돌아온 같은 날, 고모가 마침 큰아들을 낳게 되어 다른 집을 빌려 동네잔치를 하였다고 한다.

　아버지가 다시 집을 떠나고 난 뒤 어느 날 할아버지는 종갓집에서 제사를 지내고 오다 머리가 아프다고 해서 병원으로 모셔갔다. 급성 뇌막염이라는 진단이 나오고 그날 밤에 운명하셨다고 하니 한 치 앞을 알 수 없는 게 우리네 인생이다. 전보를 받은 아버지는 지난번처럼 거짓말일지도 모른다는 생각을 하셨다. 가벼운 마음으로 오는 도중에 이종 사촌형 집에서 하룻밤 묵으며 놀다가 왔으니 기다리는 가족과 친지의 원성이 얼마나 컸을까. 할아버지 장례는 아버지의 늦은 도착으로 결국 구일장을 치르셨다고 한다.

'자식이 부모에게 효도하려고 해도 부모는 자식을 기다려주지 않는다.'

어리석은 게 인간이구나 하는 생각과 함께 아버지의 그때 심정이 헤아려진다.

육이오 사변이 일어나자 다행히 아버지를 비롯한 할머니와 고모네 가족은 무사히 피난을 내려와 부산에 자리를 잡게 된다. 그 당시 서른 살 노총각이었던 아버지는 영도 조선소에 근무하고 있었다. 친척 집에 와 있던 충청도 시골 처녀인 어머니와 중매로 선을 보고 1953년 결혼을 하셨다. 이때 어머니의 나이는 꽃다운 열여덟이었다. 나이 많은 사람과 결혼한 게 억울하다는 말을 자주 하셨는데 이제는 하지 않으신다. 아버지는 보국대를 다녀오고 피복창이라고 불리는 군부대 문관으로 직장을 옮기셨다. 터를 닦고 집을 지은 부산시 동래구 광안리 시장 근처 동네에서 1955년 첫딸인 내가 태어났다.

세월이 흘러 아버지는 돌아갈 수 없는 삼팔선 너머 고향을 그리워하다 영원히 떠나셨다. 딸인 나는 오십대 중년이 되어 오늘 회한을 담고 아버지를 찾아 나선다.

못 말리는 병

"저 고질병을 누가 고쳐? 죽어야 고치지."

몇 년 전 전임지에서 함께 근무하던 K교장 선생님이 내게 하신 말씀이다. 대학원 다니면서도 이 연수, 저 연수 가리지 않고 쫓아다니는 모습이 딱해 보여서 그런 말씀을 하셨던 것 같다.

'못 말리는 병'은 자타가 공인하는 나의 중병이다. 병인 줄 알면서도 고칠 생각도 안 하고 즐기면서 사니 죽어야 고치는 병임에는 틀림이 없다.

'못 말리는 병'의 증세는 무척 다양하나 가장 큰 증세는 항상 새로운 것을 추구하면서 시작하다 도중하차를 잘하는 '배움에 대한 열정'이다. 때로는 열정인지 무모함인지 모를 정도로 거기에 빠져 정신을 못 차릴 때가 종종 있다.

중학교 시절 피아노를 잘 치는 친구가 부럽기만 하던 나는 직장 동네에 있는 개인 교습소에서 피아노를 배웠다. 출근 전에 교습받으려고 항상 새벽에 일어나야만 했다. 어느 날, 잠에서 깨니 창밖이 환하였다. 시계를 보지 않은 나는 종종걸음으로 교습소로 향했다. 살림집과 함께 붙어 있는 교습소는 불이 꺼져 있었고 아무리 문을 두드려도 기척이 없었다. 선생님께서 늦잠을 주무시나 싶어 기다려보자고 대문 앞에 털썩 주저앉았다. 그 시간이면 간간이 신문 돌리는 아이, 새벽 기도를 끝내고 집으로 돌아가는 아주머니가 눈에 띄는 시간인데 아무도 보이지 않았다. 한참 후 새벽이 되어 날이 밝은 것이 아니라 보름달이 온 세상을 환히 밝혔다는 사실을 깨닫고는 숨이 턱에 닿도록 집으로 달려와 시계를 보니 새벽 두 시가 아닌가. 그 다음날, 새벽 시간에는 피아노 교습을 하지 않는다며 오지 말라던 선생님의 말을 듣는 순간 얼마나 미안했던지……. 새벽 두 시에 피아노 치겠다고 문을 두드렸으니 선생님으로서는 무척 황당하고 불쾌했으리라.

퇴근길에 배우러 다니던 피아노 학원에서는 교습시간이 한 시간이었음에도 하루에 평균 서너 시간씩 어느 때는 가라는 소리도 못하고 난처한 표정을 지을 때까지 혼자 흥에 겨워 밤늦게 쳤다. 처음에는 너무 열심히 한다고 칭찬을 하시던 원장선생님의 표정이 날이 갈수록 반가워하기보다는 귀찮아하는 표정이 역력했다. 매일같이 와서 잘 치지도 못하면서 몇 시간씩 쳐대니 지겹기도 하고 얄밉기도 했으리라는 생각이 든다. 그때는 그저 열심히 하는 것만이 최선인 줄 알았으니 '못 말리는 병'임에 틀림이 없다. 그랬음에도 지금은 명곡 한 곡 제대로 칠 줄 모른다.

방송통신대학 경영학과 공부를 할 때다. 졸업 시험을 앞둔 여름 방학, 세 돌이 지난 아들을 아예 친정으로 보내고 영어 공부에 매달렸다. 새벽 두 시에 일어나 영어 단어를 외우고 일요일에는 남편을 영어 선생님으로 모시고 배웠다. 어느 날인가 삼십 도가 넘는 한여름 날씨인데 온몸이 으슬으슬 추워지기 시작했다. 솜이불을 꺼내 덮어도 추워서 견딜 수가 없고 몸은 불덩이가 되었다. 급하게 달려온 친정어머니와 함께 병원을 가니 '급성 신우신염'이라는 진단이 나와 일주일이나 치료를 받으며 고생한 적이 있다. 그 이후로 피곤하면 재발하여 알레르기 비염, 편두통, 위장병과 더불어 만성병이 되었다. 못 말리는 공부병이 남겨준 후유증이다.

고등학교 입시를 앞둔 중3 아들을 두고 대학원에 다니고, 고3 입시생을 두고 상담교사 공부하느라 밤늦게 집에 왔으니 주위에서 한심하다고 혀를 찰 만도 하다. 오죽하면 시집보내면 고쳐 지려나 했더니 더 심해졌다며 사위 보기가 부끄럽다고 하시는 친정 부모님의 푸념과 한탄조차도 약이 되지 못한다.

남편 역시, "우선순위와 기본에 충실하라."

잔소리가 소용없음을 알자 작전을 바꾸어 듣기 좋은 목소리를 낸다.

"즐거운 곳에서는 날 오라 하여도 내 쉴 곳은 작은 집 내 집뿐이리."

노래를 부르며 내가 차려주는 밥상이 그립다는 말로 회유책을 쓴다. 내년부터는 아무것도 안 하겠다고 말하곤 하지만 제대로 믿어주는 사람이 없다.

오늘도 감기 몸살이 심해 조퇴하고 집에 들어서자마자 병원으로 데려다 준 남편의 만류를 무릅쓰고 시민대학을 다녀왔다. 한 시간 사십 분 걸려 도착한 중국어 교실은 이미 막바지에 이르러 겨우 삼십 분밖에 강의를 듣지 못했다. 삼십 분을 위해 '죽겠다'는 소리를 하며 두 시간 삼십 분을 허비하는 이 어리석음이 못 말리는 병이 아니고 무엇이랴. 석 달이 지났는데도 따라 읽는 것조차 제대로 못 하니 '한심병'까지 보태야 할 것 같다.

"의사 선생님 말대로 약 먹고 푹 쉬지 어디를 또 나가요?"

남편의 말을 귓등으로 흘리고 나갔다 왔는데도 한약재를 사다가 다려 놓고 빨리 먹으라고 한다. 가만히 있으면 중간이나 간다는 말처럼 고맙다거나 미안하다는 말 한마디만 했으면 될 텐데……. 그 말 대신에 실력도 없으면서 어이없게 박사과정 공부하고 싶다고 말했으니 화를 벌컥 낼 만도 하다.

때때로 가정 평화를 깨트리고 과로와 스트레스 병으로 이어지는 '못 말리는 병'이 이제는 그만 물러갔으면 한다. 이렇듯 가족한테 미안한 마음을 가지면서도 중독처럼 못 고치니 진짜 못 말리는 병이다.

삶과 죽음에 대한 단상

'생로병사'라는 말이 있다. 태어나서 살다가 늙고 병들어 죽는다는 자연의 이치이자, 인생을 단적으로 표현한 말이다.

'누구나 다 언젠가는 죽게 마련이야.'

쉽게 이런 생각을 가지기는 하지만 어느 순간에 이 말이 가져다주는 엄청난 위력 앞에 넋을 잃고 할 말을 잃는 경우가 있다.

지난 구월 중순 같은 학년 선생님의 친정 장조카가 교통사고로 그 자리에서 숨을 거두었다. 결혼도 하지 않은 스물일곱 살의 청년으로 아침 출근길에 사고를 당했다고 한다. 내가 자식을 둔 부모여서일까? 아니면 내 부모님의 아픈 상처를 떠올려서일까? 그 말을 듣는 순간 청천벽력 같은 소식에 정신을 잃고 쓰러졌을 그 부모님의 심정이 되어 허탈에 빠졌다.

'얼마나 기가 막히고 가슴이 쓰라릴까. 부모 앞서 저승길에 가는 것이 가장 불효인데……. 죽은 사람은 가고 나면 그뿐이지만 남은 사람은 평생을 가슴에 한을 묻고 산다던데……. 아니야, 젊은 사람이 제 명대로 다 살아보지도 못하고 간 것이 얼마나 억울할까.'

끝없이 이어지는 상념 앞에 스물한 살의 꽃다운 나이에 림프선 암이라는 불치의 병으로 죽은 여동생이 떠올랐다.

두 살 터울의 여동생은 깜찍한 용모와 상냥스러움으로 어릴 때부터 동네에서 미인이라고 소문난 아이였다. 거기에다가 총명하여 초등학교에 입학해서 중학교를 졸업할 때까지 수석을 놓쳐본 적이 거의 없는 수재였다. 그 당시 부산의 명문 여고인 경남여고를 우수한 성적으로 입학해 집안에 기쁨을 주었다.

다방면에 재주를 가졌던 그녀는 사랑스러운 동생이기 이전에 언제나 나를 기죽이는 대상이었다. 친구들이 똑똑한 동생을 두었다고 부러워할 때를 제외하고는……. 전교 선생님의 사랑을 한몸에 받으며 항상 영광의 자리에 섰으며 집에서는 부모님의 사랑을 독차지했다. 그림뿐만 아니라 노래도 잘 불렀고 수를 놓는 솜씨 또한 일품이었다. 학교 선생님들 결혼식에 가서 축가를 부르고, 혼수품으로 가져갈 수예를 놓느라 밤새우는 그녀에 대해 손재주가 없는 나는 항상 부럽기만 했다.

"눈에 넣어도 아프지 않을 내 딸!"

여동생을 대할 때마다 얼굴이 사랑으로 환해지는 어머니의 모습과 함께 무의식적으로 흘러나오는 소리였다.

그때마다 나는 '그녀가 죽거나 멀리 사라져 없어졌으면 좋겠다.'

는 생각을 했다. 여동생이 죽고 나서 지금까지도 그 생각이 떠오르면 죄책감과 후회스러움에 사로잡힌다.

'신은 공평하다'고나 할까. 미모와 재능을 갖춘 그녀였지만 어릴 적부터 몸이 몹시 허약했다. 초등학교 3학년 때 늑막염을 앓았고 기관지가 나빠 환절기만 되면 감기와는 떨어질 수 없는 사이로 지냈다.

그녀가 중 3이었을 때 군부대 공무원이셨던 아버지가 배 사업을 하려고 퇴직하셨다. 일년도 채 되지 않아 퇴직금을 다 날리고 교통사고로 다리를 다쳐 누워 계시던 때다. 그녀는 담임선생님의 집에서 숙식하며 과외보조교사로 부유한 집의 친구를 가르쳤다. 새벽이면 남보다 한 시간 먼저 일어나 친구를 깨워 공부를 가르치고 밤늦은 시간에 자기 공부를 했으니 얼마나 힘들었을까. 그리고 자존심은 얼마나 상했을까! 몸도 약한데 그렇게 힘들게 공부하는 줄 모르고 오로지 담임선생님의 제자 사랑으로만 받아들이고 감사했으니……. 어린 제자에게까지 실리를 챙기던 그 선생님과 부모의 무지가 그녀의 죽음과 함께 아픔으로 남아있다. 그 후유증이라고는 볼 수 없겠지만 고등학교에 들어가서는 몸이 더 약해져 힘들어하는 모습을 보이곤 하였다. 그러나 효심이 깊었던 동생은 부모님께 걱정을 끼치지 않으려고 그녀 특유의 놀라운 정신력을 발휘하였다. 공부하기에도 부족한 시간을 할애해 집안일을 돕고 늦둥이로 태어난 막내 여동생까지 틈틈이 돌보며 집안 분위기를 이끌었다. 이미 몸속에는 사형선고와 같은 암세포가 자라고 있었는데 아무도 몰랐으니…….

고등학교 졸업 후의 암 투병 일 년 동안 그녀가 보여준 가족에 대한 사랑과 놀라운 정신력은 두고두고 많은 사람에게 회자되고 있다.

'맑은 하늘과 햇살이 비치는 아름다운 세상에서 사랑하는 부모 님과 언니, 동생들과 일 년만 더 살아도 여한이 없겠다.'

이렇게 시작된 투병일기는 한 줄의 원망도 없이 남은 가족에 대한 사랑과 살아온 날에 대한 감사로 담담히 죽음을 준비하고 있었다. 가족에게 고통을 주지 않으려고 온몸과 마음으로 참아내 던 통증은 눈물이 아니고서는 바라볼 수가 없었다. 제 몫까지 대신 해 부모님께 잘해 달라는 간곡한 글귀와 함께 살아있는 것만으로 도 삶은 가치 있는 것이라고 일러 주고 간 그녀였다. 때로 삶이 고달프고 힘들다고 느껴질 때, 뜻하지 않은 죽음이라는 소식을 들을 때 '인생과 죽음'이라는 화두를 놓고 오랜 시간 생각에 잠긴 다. 그때마다 스물한 살의 나이로 고운 넋이 된 그녀의 삶을 회상 하며 진지함과 겸허함을 배우게 된다.

새벽 시간

사방의 침묵 속에 홀로 깨어 있는 시간은 늘 경건함과 함께 자신을 바라볼 수 있는 여유를 가지게 해준다. 조용히 무릎 꿇고 두 손을 모으면 마음을 무겁게 했던 일상의 곤고함이 깃털처럼 가벼워지고 감사의 하루가 될 것 같은 충만감이 인다.

베란다 창가에 다가서서 새벽 하늘을 바라보면 외로워서 더 밝은 빛을 내는 새벽별이 그리움으로 다가온다. 가로등 불빛 아래 새벽기도를 가는 여인의 발걸음이 아득한 날로 이끈다. 멀리서 내 이름을 부르며 다가오는 얼굴, 살아가면서 지칠 때마다 보이지 않는 사랑의 힘으로 용기를 주는 분이다. 가장 따뜻한 이름으로 불러보는 그리운 얼굴이다.

아! 할머니!!

가벼운 탄성처럼 터져 나오는 소리, 울컥 치미는 그리움에 목이 메고 눈가가 젖어온다. 하얀 모시한복의 고운 자태로 사뿐사뿐

날듯이 걸어가는 뒷모습……. 그 곁에는 단발머리 계집아이가 종종걸음으로 따라가며 종알거렸지.

"하늘에 떠 있는 별은 가족이 없나? 혼자 너무 외로워 보여. 내가 새벽마다 친구가 되어 줄까? 어쩜 저리 반짝거릴까?"

"사람이 착하게 살다 죽으면 하늘의 별이 된단다."

"할머니도 죽으면 별이 되겠네."

"할머니 죽으면 나도 죽을 거야. 그래서 할머니랑 함께 별이 될 거야."

"할미가 먼저 죽으면 저기 보이는 별이 되어 너를 지켜 줄 거다. 아무도 너를 못살게 굴지 못하게 말이다."

어린 시절, 할머니 따라서 새벽기도에 갈 적마다 나누던 이야기의 한 대목이다. 새벽 별을 바라볼 때마다 한 편의 동화가 되어 마음을 촉촉이 적시곤 한다. 그 때마다 그 시절의 선한 아이가 되어 세상을 아름답게 바라본다.

"댕 댕 댕 댕"

둔탁한 소리로 새벽 4시만 되면 늘 잠을 깨우던 괘종소리와 함께 첫새벽을 열던 할머니의 첫 일과는 나를 위해 기도하는 일이었다. 60와트 전등 빛이 눈 부셔 두 손으로 가리면 언제나 내 머리맡에서 무릎 꿇고 앉은 채 간절히 기도하시던 모습……. 전깃불이 들어오지 않는 날이면 촛불을 켜두고 기도를 하셨다. 나는 불빛에 너울거리는 그림자가 천사의 날개처럼 여겨져 평온한 마음으로 다시 잠이 들곤 하였다. 예배당 종소리와 함께 아스라이 사라지던 할머니 발걸음 소리의 여운은 그 순간 기다림으로 바뀌었다. 마중 나가던 길가 풀잎에 영롱하게 맺혀 있던 이슬은 새벽이 아니면 되살려지지 않는 소중한 추억의 재산이다.

할머니의 기도를 떠올리며 스스로 자신에게 반문할 때가 있다. '누군가를 위하여 오랜 기간 기도해 본 적이 있는가? 아니면 한결같은 마음으로 진실되게 기도를 한 적이 있는가?'

한순간의 진실한 기도는 있었을망정 할머니의 기도에는 결코 미치지 못함을 안다. 그러나 그 기도의 힘으로 내 삶의 여정이 큰 굴곡없이 이제까지 순탄하게 지내왔음을 깨닫는다.

늘 무거운 추를 흔들며 시간을 알려주던 시계가 걸려 있던 마루는 가끔 낯선 이들의 잠자리였다. 처마 끝에 고드름이 주렁주렁 매달려 있거나 함박눈이 소복이 쌓인 날 새벽이면 영락없이 이름도 성도 모르는 사람들의 하룻밤 안식처의 장소로 제공되었다. 그 사람들 대부분은 할머니가 새벽기도를 다녀오다 만난 길가에 쪼그린 채 오들오들 떨고 있던 걸인이었다. 한겨울이면 하루가 멀다 하고 낯선 이들을 데려와 재우고 아침밥을 먹여 보내는 일이 다반사였다.

사선을 넘어 북에서 피난 온 할머니는 늘 나눔과 베풂의 삶을 실천하고 사셨다. 나에게 지금 그렇게 하라고 한다면 한번이라도 제대로 할 수 있을까? 할 수 없다는 사실과 함께 서글퍼진다. 지금은 빛바랜 꿈으로 사라졌지만 오랜 시간 나의 희망은 보육원 보모였다. 아마도 어린 시절 새벽을 함께 한 사람들에 대한 할머니의 사랑이 자연스럽게 나의 꿈으로 심어졌으리라.

"밥 한 술 줍쇼."

아침, 저녁 식사 시간이면 늘 들리던 소리였다. 대문 앞에서 깡통을 들고 문전걸식하던 거지들이 찾아오던 기억이 선연하다. 어느 날, 밥 한술 얻어먹으려고 찾아온 어린 거지가 있었다. 아마도 초등학교 고학년 정도 되지 않았을까 싶은 남자 아이였다. 벌겋게 충혈되어 눈도 제대로 뜨지 못하는 것을 본 할머니는 삼 섰으니 낫게 해주어야 한다며 삼일동안 경건한 의식을 행하셨다. 놋그릇인지 양은그릇인지 기억이 나지 않지만 그릇에 정화수를 떠놓고 정성껏 골라낸 팥알을 담가 놓는 것으로 미신 같은 의식이 시작되었다. 몸을 깨끗이 씻고 옷을 정갈하게 차려입은 할머니는 걸인 아이를 해가 뜨는 동쪽 하늘을 바라보게 하였다. 그다음으로 팥을 건져 아이의 눈에 대고 한참동안 문질렀다. 눈을 문지를 때마다 주문 같은 소리를 반복하는 것이 신기하기도 하고 책 속에 나오는 요술할머니 같아 싫기도 하였다. 어쨌든 삼 일간의 의식이 끝난 후 걸인 아이는 눈병이 깨끗이 나았다. 아마도 정성의 힘으로 낫지 않았나싶다. 오랜 세월이 흘렀어도 동 터오는 아침이면 흑백영화의 한 장면처럼 각인되어 잊고 지냈던 '측은지심'을 되살려준다.

그동안 나는 어떻게 살아왔나? 나이가 오십이 넘었는데도 수시로 갈등에 빠지고 번민하며 불면의 밤을 보내지 않는가. 오로지 나의 잣대로 남을 이해하고 사랑한 것은 아닌지? 열심히 살았다고 자위하면서도 더 많은 것을 기대하고 욕심은 부리지 않았는지……. 부끄러움으로 자신을 되돌아본다.

사랑은 한결같은 마음으로 빌고 또 빌어주는 마음이라는 걸 또한 아낌없이 베푸는 희생에서 나오는 것임을 새삼스레 느끼며 감사와 정성으로 첫 시간을 연다.

손으로 쓴 성경

　친정아버지가 돌아가시고 후 매년 설, 추석 명절에 친정 고모를 뵈러간다. 사시면 얼마나 사실까 싶어 명절 때만이라도 꼭 찾아뵙 겠다고 다짐하고는 찾아간 지가 사 년 째다. 아버지 살아계실 때는 늘 바쁘다는 핑계로 어쩌다 큰일이 있을 때나 찾아뵙곤 하였다. 일찍 남편을 여의고 남매를 기르시다 피난 오셨던 친정할머니에 이어 친정아버지까지 가시고 이제 고모 혼자 남으셨다.

　고모는 유달리 자식 사랑이 넘쳤던 할아버지의 사랑을 독차지하 며 어려움 없이 자라셨다. 그러나 그 행복은 잠깐이고 결혼을 하고 첫 딸과 두 아들을 낳고 나서 육이오 전쟁으로 피난민이 되어 부산에 정착하셨다. 막내딸을 낳아 사 남매를 기르던 고모는 폐결 핵으로 남편을 일찍 여읜 채 고달프고 힘든 삶을 사셨다. 힘들 때마다 친정오빠인 아버지의 도움을 받으며 사셨지만 자식들이 성장해 자리를 잡을 때까지 군부대에 다니며 일손을 놓지 않으셨다. 자식들 다 출가시키고 손자 키우는 재미로 평탄하게 사실 무렵 '고생 끝에 낙이 온다.'는 옛말대로 얼마간 영화를 누리시기도 하였다. 고종사촌인 둘째 오빠가 정치권에 들어서고 시운이 있었던지 정부기관 출연부처에서 고위직으로 근무할 때 칠순을 맞으셨다. 연회장을 울타리처럼 쳐놓았던 화환에는 대통령이 보낸 화환과 함께 국회의원들이 보낸 화환이 즐비하게 늘어서 있었다. 당시 유명한 연예인이 사회도 보고 테이블마다 앉아있어 자리의 위력이 얼마나 큰지 실감 나기도 하였다. 축의금이 많이 들어와 외국여행까지 다녀오신 때가 그 때였다. '인생무상'이라던가. 오십대 중반의 나이에 오빠가 불의의 사고를 당하여 돌아가셨다. 믿고 의지했던 자식을 먼저 보낸 그 아픈 마음을 다스리려고 새벽 두세 시까지 손으로 성경을 쓰기 시작하여 벌써 여섯 권째 성경책을 만드셨다.

몇 년 전 추석날 뵈러 갔을 때 큰딸과 작은딸한테 주고 네 권째 쓰고 있다는 말을 들으며 차마 달라는 말은 못하고 부러워만 하였다. 성경을 쓰면서부터 돋보기도 끼지 않을 정도로 시력이 좋아지셨다고 뵐 때마다 하나님의 은총을 이야기하신다. 지난 추석 전날 바빠서 추석날에는 못 찾아뵙고 퇴근길에 들르겠다고 전화를 드렸다. 추석 전이라 그런지 길이 막혀 두 시간이 훨씬 지난 후에 고모집 앞에 도착하였다. 두 시간을 문 앞에서 기다렸다는 고모에게 그 다음 약속 시간이 늦어 집안에도 들어가지 못하고 가져간 선물과 약간의 용돈 봉투만 내밀고 왔다. 반가움과 아쉬움이 교차하는 얼굴을 뒤로 하고 오는 데 늘 바쁘다는 핑계로 돌아가신 아버지한테 무정했듯 똑같은 짓만 하고 산다는 생각이 들어 한심하였다. 그런데도 바쁜데 와주었다고 얼마나 고마워하시는지 민망스러울 때가 많다. 늘 건강 챙기라는 말을 하며 나를 위해 항상 기도를 하신다고 하셨다.

이번 설에도 배 한 상자와 약간의 돈이 든 봉투를 들고 퇴근 후 찾아갔다. 늦게 도착했으나 지난 추석에 서운하게 해 드린 것이 미안해 이런 얘기, 저런 얘기를 삼십 분 가량 나누다 보니 방 한구석에 보자기로 묶인 두툼한 것이 보였다. 내 시선이 닿는 것을 본 고모는 내게 주려고 준비하고 기다렸다는 말을 하셨다. 2007년 4월 12일에 쓰기 시작해서 2008년 3월 17일 끝나 거의 일 년 만에 책으로 엮은 손으로 쓴 성경책이었다. 여섯 번째 쓰신 성경을 얼마 전에 교회서 책으로 묶어주어 내게 주려고 가지고 계셨다고 한다. 요즘 일곱 번째 성경을 쓰고 계신단다. 구약과 신약을 두 권으로 묶어 만든 성경책의 글씨는 정성스럽게 쓰여 있어 받기가 송구스러웠다. 성경책을 손으로 쓴 것도 대단하지만 여든네 살의 권사님이 쓰신 것이라고 목사님이 예배 시간에 소개해서 큰 박수를 받았다고 말씀하셨다.

"고모, 우리 집 가보로 잘 간직할게요."

가슴이 뭉클하면서 어릴 적부터 총명하기로 소문난 고모의 능력을 새삼 느꼈다. 손재주가 좋아 뜨개질도 척척, 손으로 하는 일은 누가 가르쳐주지 않아도 눈썰미로 해내던 솜씨였는데 아무튼 대단하신 분이다. 그 연세에 교회 권사모임 회계를 맡아 돈 관리도 하고 지금도 성경 암송대회에 늘 일등만 하신다. 지갑 속에서 얼마간의 돈을 꺼냈다. 너무 귀한 것을 선물 받아 그 값에는 못 미치지만 받으시라고 손에 쥐어드렸다. 막무가내로 돌려주려는 것을 실랑이하자 마지못해 받으시며 고맙다는 말을 수없이 하셨다. 정말 고마워할 사람은 나인데 그런 말을 들으니 마음이 짠했다.

　잠 못 이루다 새벽에 잠이 깰 때, 마음이 울적할 때 고모가 손으로 쓴 성경책을 읽으며 마음의 평안을 찾는다. 자식을 앞세우고 성경말씀으로 마음을 다스린 그분의 마음을 헤아리며 감사의 마음으로 두 손을 모으고 기도를 한다.

스승의 날을 맞이하여

스승의 날이다. 문득 잊고 있다가 떠오르는 많은 분의 얼굴 중에 유독 가슴 찡하게 살아나는 선생님이 계신다. 작년 안양고등학교 3학년 4반 담임이셨던 김용구 선생님이시다. 순간순간의 절망과 아픔으로 다가오는 큰아들의 담임이셨던 그분을 떠올리면 인연의 소중함과 함께 감사함이 우러나온다.

고등학교시절 큰아들은 자포자기까지 아니었지만 자신감을 잃어 공부보다는 현실도피로 축구와 게임 만화 그리기에만 열중해 있었다. 그분은 늘 불안과 초조함만을 안겨주는 내 아이를 위해 버팀목이 되어 주셨던 분이다. 부모 이상으로 안타까워하며 쏟아준 그 정성은 늘 따뜻함과 고마움으로 가슴속에 간직되어 있다.

부모도 함께 앓는다는 고3 병을 애써 태연함으로 가장하며 무관심으로 버티던 내게 어느 날 아들 친구 엄마가 들려준 이야기는 충격이었다. 담임선생님께서 가장 먼저 가정방문을 한 곳이 남편과 아들이 함께 생활하는 학교 앞 자취방이라고 했다. 거기에다 항상 바쁘고 늦거나 출장을 가는 아버지의 부재에 대비해 열쇠까지 복사해서 가지고 계신다는 말을 들었을 때의 그 묘한 기분이란……. 일말의 안도감과 함께 부족한 엄마로서의 부끄러움을 어찌 말로 다 할 수 있을까? 초코파이 두 통과 음료수까지 사다주고 간 선생님께 고맙다는 전화도 드리지 못하고 시간은 흘러갔다. 성적부진과 함께 바람직하지 못한 행동을 하는 아들 때문에 속상한 마음과 상처받은 자존심으로 용기가 나지 않았기 때문이다. 지금 생각하면 자식보다는 나의 체면 유지에 더 급급했던 게 아닌가 싶어 아이에게도 선생님께도 그저 미안할 따름이다.

어느 날의 일이다. 요란한 전화벨 소리에 잠을 깨니 새벽 두시였다. 이 한밤중에 어디서 온 전화일까? 불안한 마음으로 전화기를 들었다.

"엄마, 엄마, 큰일 났어요. 정말 큰일 났다니까요."

숨이 넘어갈 듯한 아들의 목소리였다. 순간적으로 평소에 고혈압 증세가 있는 남편이 쓰러졌다는 말인가 싶어 놀란 목소리로 소리쳤다.

"아빠가 어디 다치셨니? 쓰러지셨니? 어떻게 된 건지 빨리 말해봐."

다급하게 물었더니 어이없는 대답을 하는 게 아닌가. 미장원에 가서 머리를 깎았다는 이야기였다. 안도감과 함께 머리 깎은 것이 무슨 큰일이라고 한밤중에 전화하느냐고 야단을 치니 빡빡 중머리를 깎았는데 큰일이 아니냐고 오히려 서운해 하였다. 머리를 짧게 깎으라고 해도 좀처럼 말을 듣지 않는 녀석이라 사연이 있는 모양이다 여겨져 이야기를 해보라고 하였다. 몇 명의 아이들을 빼놓고는 모두 미장원에 가서 중머리로 깎았는데 수십 명이 되는 학생들을 담임선생님께서 손잡고 인솔해 가서 깎였다는 사연이다. 순간속이 시원하면서 키가 자그마한 선생님을 따라 수십 명의 덩치 큰 학생들이 까까머리가 되어 걸어가는 모습이 연상되어 저절로 웃음이 나왔다.

"선생님이 아주 고맙네. 엄마는 속이 다 시원하다."

"나는 화가나 죽겠는데 약 올리는 거예요?"

화를 내며 전화를 끊는 아들의 목소리와 함께 내 아이의 앞날이 어둡지만은 아닐 거라는 믿음을 가지게 되었다.

항상 고마운 마음을 가지고 있으면서도 한 번도 찾아뵙거나 전화도 한 번 드리지 못하고 여름방학이 지났다. 얼마나 무심한 엄마였는지 주위 사람들에게는 우리 집에는 고3 아빠는 있어도 고3 엄마는 없다는 충고 아닌 충고를 듣기도 했다.

9월이 거의 끝나갈 무렵 처음으로 선생님을 뵙고 이야기를 나누며 교사로서 엄마로서 많은 반성을 하게 되었다. 내 아이의 심리상태에서부터 행동에 대한 깊은 이해와 애정, 건강에 대한 체크와 교우관계, 나아가 대학진학에 관련된 구체적인 목표설정과 자신감을 심어주기 위한 세심한 배려에 그저 고마울 따름이었다. 엄마가 보살피지 못한 부분까지 세세하게 정성을 쏟고 계신 그 모습에서 교사의 참모습을 보았다. 교직 경력이나 나이는 비록 나보다 적지만 깊고 참된 교육관과 철학을 느낄 수 있어 존경심이 저절로 일어났다.

'교직에 저런 분만 계신다면 …….'

교육계의 밝은 미래를 보는 것 같기도 하고 진작 찾아뵈었으면 아들을 위해 조금이나마 힘이 되었을 텐데 하는 후회도 되었다.

수능시험을 치기 전 마음을 잡지 못하는 아들을 위해 전화를 주시고, 마지막까지 자취방을 찾아와 과외선생님께도 부탁을 해주신 분이다. 힘든 아이를 이끌어 오느라 지칠 대로 지친 가운데서도 차분하고 담담한 어조로 걱정해주시던 그 분에게 감사하다는 말밖에는 달리 표현할 길이 없다.

원서 쓸 때의 일이다. 다른 학생들은 삼 분이면 끝나는데 희망적이지 못한 수능 점수와 내신 성적 때문에 무려 네 시간 가까이나 노트북을 두드리며 심혈을 기울여 주시던 진지함과 열정을 어떻게 표현할 수 있을까? 합격 통보뿐만이 아니라 졸업 후 추가합격으로 인한 상담까지 해주신 덕분으로 아들은 무난히 대학에 들어갔다.

내 아이의 인생에서 가장 중요한 시기에 만난 선생님, 그분의 이해와 사랑으로 가장 힘들고 어려운 시기를 무사히 끝내게 된 점에 대해 늘 감사함을 간직하고 산다.

시누이

내게는 손아래 시누이가 한 명 있다. 옛말에 '나무라는 시어머니보다 말리는 시누이가 더 얄밉다.'는 말이 있지만 그 말이 무색하리만치 우리 사이는 각별하다. 때로는 다정한 자매처럼 때로는 친구처럼 지내는 사이다. 무엇보다 남편과 자식에 관한 문제에 있어서는 든든하고 위안이 되어주는 상담자이기도 하다. 눈에 보이지는 않지만, 서로에 대한 이해와 믿음은 세월이 흐를수록 깊어짐을 느낀다.

어려운 일이 있을 때마다 슬기롭게 마무리 짓는 지혜로운 그녀는 내게 현모양처의 모범이 되곤 한다. 또한 시댁의 대소사에는 그녀의 손길이 미치지 않는 곳이 없다. 어려운 환경 속에서 공부하는 두 오빠를 위해 대학을 포기할 정도로 형제간의 우애를 소중히 여긴 그녀. 부모님이 다 돌아가신 후 결혼한 시동생 부부에게 쏟는 애정은 동서의 말 그대로 눈물겹도록 정성스럽다. 먹을거리에서부터 겨울김장까지 알뜰살뜰 챙기기를 지금까지 한 해도 거르지 않았다.

결혼 후 남편 친구들을 초대했을 때 메뉴 짜기에서부터 마지막 설거지까지 능수능란하게 처리해준 것을 시작으로 지금까지 오빠와 올케들, 조카들에게 쏟는 정성은 말로 다 표현할 수가 없다. 신혼 시절 남편 친구들을 집으로 초대했을 때다. 손님들이 다 가고 난 후 나는 산더미같이 쌓인 설거지를 보며 부엌바닥에 쪼그려 앉아 한숨만 폭폭 쉬고 있었다. 선천적으로 게으르고 집안일이라고는 해보지도 않은 내게 수많은 그릇은 넘지 못할 태산같이 보였다. 나는 도와 달라 소리도 못하고 걱정만 하는 데 날씬한 몸매에 곱게 화장한 그녀가 부엌으로 들어섰다. 그녀는 말 한마디 없이 고무장갑을 끼더니 큰 플라스틱 그릇에 물을 가득 채우고서 그릇들을 담그기 시작했다. 연이어 거품을 낸 수세미로 시원스레 문질러 놓더니 어느새 경쾌한 물소리를 내며 헹구기 시작했다. 잠시 후 큰 소쿠리에 물 빠지라고 그릇을 척척 엎어놓더니 말끔히 정리까지 끝내고는 가볍게 손을 털고는 방으로 들어갔다. 그 많은 설거지를 끝낼 동안 나는 그녀의 환상적인 손놀림에 넋이 나간 듯이 쳐다보고만 있었다. 그 당시 내가 한 일이라고 감탄사만 늘어놓았을 뿐이다.

"아가씨, 대단하다. 어쩌 그리 일을 잘해요?"

지금 생각하면 미안스럽기만 하다. 결혼도 하지 않은 아가씨가 싫은 표정 하나 짓지 않고 혼자서 해내고도 생색도 내지 않는다는 점이 그때는 신기하기만 했다. 순식간에 일을 처리하는 그 모습이 아름다워 경이롭게 느껴졌다.

지금도 시누이는 몇 년 만에 우리 집에 다니러 오면 부엌부터 들어와 치워준다. 그녀의 무언의 가르침에 친정 올케한테 가면 나 역시 그녀의 모습을 흉내 내어 어설프게 연출한다. 비록 그녀만큼은 깔끔하고 시원스레 하지는 못하지만 그런 작은 일로 인하여 친척간의 정이 더 도타워진다는 사실도 알게 되었다. 새벽 두 시에 혼자 병원에 가서 둘째 아들을 놓았을 때도 제일 먼저 달려온 사람이 그녀였다. 어렵거나 힘이 들 때 그녀는 항상 나의 입장이 되어 진심으로 염려해주고 안심을 시켜준다. 나이는 나보다 두 살 어리지만 때로는 언니처럼 더 의젓하기도 하다. 만나면 불을 끄고 어둠 속에 앉아서 새벽이 올 때까지 이야기를 나누는 그녀와의 사이엔 비밀이 없을 정도로 많은 이야기가 오간다. 남편과 자식에 대한 불평을 고개를 끄덕거리며 들어주다가도 마지막에 주기도문처럼 하는 말이 있다.

"언니, 시집 잘 왔지. 우리 오빠 같은 사람이 어디에 있는데 우리 오빠한테 잘해줘요."

그녀의 맑은 목소리에 마음속에 쌓였던 불만이 눈 녹듯 사라지고 만다. 항상 침착하고 이지적인 모습뿐만 아니라 고운 목소리도 무척 매력적이다. 하지만 무엇보다 작은 일 하나하나에도 사랑과 정성을 쏟는 그녀의 예쁜 마음은 늘 나를 감동시킨다. 다 죽어 가는 화초도 그녀의 손길만 닿으면 청초하게 되살아나고, 어떤 동물이건 그녀 손에만 가면 토실토실 잘 자라는 것만 봐도 그녀의 따뜻함을 느낄 수 있다. 믿음으로 키운 조카인 세 남매 역시 올바르게 잘 자라는 모습에 주위의 본보기가 된다.

멀리 떨어져 있어 자주 만나지는 못하지만 내 인연의 꽃밭에 그녀가 있다는 사실만으로도 난 행복하다.

'사랑하는 언니에게'로 시작하는 새해 인사편지도 여러 해 받았다.

오늘도 전화기로 들리는 애정이 담뿍 담긴 그녀의 목소리를 듣는다.

"언니 아플까 봐 걱정이 되어서 전화했어요. 집에 오면 아무 일도 하지 말고 무조건 쉬세요. 집안일은 오빠한테 하라고 해요."

너무 힘들면 학교 그만두고 평창 가서 살라는 말과 가까이 살면 언니 집 매일 치워 줄 텐데 라는 그녀의 말이 진심임을 안다. 교회 나가 믿음 생활을 하라는 것과 늘 나를 위해 기도하고 있다는 말을 언제나 여운처럼 남긴다.

수십 년 전 둘만의 약속이 떠오른다.

"언니, 나중에 둘이서 외국여행 가요."

그때가 언제쯤일지는 몰라도 그녀와의 여행은 무척 의미가 있을 것 같다.

심천역

오랜만에 메일을 열었다. 오늘도 읽지 않은 메일이 서른일곱 통이다. 바쁘다는 핑계로 자주 열어보지 않으니 한참을 마음먹고 읽어야 할 판이다. 절반쯤 읽다 문화재청을 클릭하자 얼마 전 신문 기사에서 본 듯한 기사가 눈길을 끈다.

'추억과 향수의 간이역, 문화재로 다시 태어나'

추억 속으로 사라져가는 무명의 시골 간이역이 문화재로 등록되어 영구히 보존된다.

문화재청은 우리의 옛 모습이 흑백사진처럼 남아있는 간이역을 되살리려고 지난 7월부터 9월 초까지 간이역 65곳을 대상으로 현지조사를 했으며, 역사적·건축적 가치와 함께 서정적 가치가 높은 간이역 12곳을 문화재로 등록예고했다고 27일 밝혔다.

열두 곳의 역 이름 중에서 '심천역', '송정역'이 눈에 띄었다. 빛바랜 앨범에서 잊혔던 옛 기억을 찾듯 유년의 기억이 되살아나기 시작했다. 반가움이랄까? 아니면 가벼운 흥분이랄까? 꼭 꼬집어 표현하기 어려운 묘한 기분이 전신을 훑고 지나갔다.

아득한 기억 저편에서 안개가 피어오른다. '칙칙폭폭'으로 들리는 소리가 점점 커지며 영화를 보는 듯 기차는 달려오고 있다. '칙 폭' 증기 기차가 하얀 연기를 내뿜으며 뱀 꼬리처럼 다리 위를 지난다. 다리 밑으로 보이는 금강 강물은 저녁 해에 물들어 감빛으로 반짝거린다. 대 여섯 살로 보이는 여자 아이는 내릴 준비 하라는 엄마의 말도 들리지 않는지 창가에 얼굴을 대고 꼼짝하지 않고 있다. 멈춘 듯 흐르는 강물을 처다보고 있는 동그란 얼굴에 쌍꺼풀 진 아이의 눈이 신비함으로 젖는다. 이십대 중반으로 보이는 옥색 한복 위에 빨간색 털스웨터를 입은 여인이 아이의 엄마이다. 이제 내려야 한다고 아이 손을 잡아끄는 그녀의 손에는 보따리가 들려 있다.

철로를 따라 역 개찰구를 나오자 아이는 '심천역'이라는 큰 글자를 보며 엄마를 향해 종알댄다. 심천역이 맞느냐는 아이의 물음에 엄마는 맞는다고 대답하고 아이는 계속 심천역을 노래하듯 소리 낸다. 밤새 뒤척이다 잠을 갠 엄마처럼 아이도 자다 깨다를 반복하다 이른 새벽에 일어나 기차를 탔으니 들떠 있음이 틀림없다. 역 주위에서 엄마는 조카를 주려고 눈깔사탕이라 불리는 왕사탕을 열 개쯤 산다. 그 중 빨간 사탕 하나를 아이 입에 물려준다. 다리가 아프다고 칭얼대며 따라올 것 같은 아이의 입막음용이다. 사탕

맛에 아이는 엄마 뒤를 뛰듯이 쫓아간다. 빈 들판을 지나고 저 멀리 저녁연기가 모락모락 피어오르는 마을을 지날 때 하늘은 노을로 붉게 물들어 있다. 엄마는 아이가 학교에 들어가서도 외갓집을 외주 할머니 집이라고 말하곤 했다. 자꾸 뒤처지는 아이를 부추기며 엄마의 발걸음이 급해지기 시작한다. 십리 길을 걸어가야만 친정집이 보이기에 어둠이 깔리기 전에 도착하고 싶었으리라. 그보다 그리운 친정어머니와 형제자매를 만나보고 싶은 마음의 간절함이 더 큰 이유일 것이다. 한양 천릿길의 절반인 오백리 길이니 60년대 초인 그 당시에는 하루가 걸리는 무척 먼 길이다.

동구 밖에 들어서자 하나 둘 집집이 호롱불이 켜지고 마당 안을 들어서는 발걸음 소리에 버선발로 아이의 외할머니가 문을 열고 달려 나온다. 까까머리 막내 삼촌이 머리를 긁적이며 나타나고 초등학생인 막내 이모는 외할머니 치마꼬리를 잡고 고개만 내민다. 저녁을 짓던 외숙모가 행주치마에 손을 닦으며 부엌에서 나타나고 군불을 때던 외삼촌의 헛기침 소리도 반가움 대신 들려온다. 그중에서도 아이를 가장 반기는 건 동갑내기와 두 살 아래 외사촌 동생들이다. 이 정도면 이산가족 재회의 멋진 한 장면이다. 방 안에 빙 둘러앉아 모두 호기심 어린 눈으로 지켜보는 가운데 엄마는 들고 온 보따리를 풀기 시작한다. 엄마가 직접 채취하여 바닷가 바위 위에 말린 파래 김 묶음들이 먼저 나오고 이어서 반건조 상태의 생선들이 세면 포장지에 둘둘 말린 채 나온다. 이것은 장어, 저것은 놀래기, 요것은 술비, 이 뭉치는 쥐치라는 말에 신기한 듯 들여다보며 한마디씩 하기도 한다. 바다낚시를 즐기는 아이의 아버지가 잡아온 생선들을 말려두었다가 친정 걸음에 꼭 가져가는 선물용품이다. 가마솥에서 퍼 온 서리 태 섞인 콩밥과 보글보글 소리를 내며 상 위에 올려 진 뚝배기 된장찌개와, 우거지 무침, 콩자반 계란찜을 놓고 잔칫집처럼 먹던 그날의 음식 맛을 아이는 오랜 세월이 지나도 잊을 수가 없다.

화롯불에 긴 담뱃대를 톡톡 털며 밤을 구워 주던 외할머니는 아이의 손을 잡아 끌고 나와 속바지 춤에서 동전 몇 개를 꺼내 손에 쥐여 주곤 했다. 다음 날은 마당 한가운데 방아 찧는 소리가 들리고 시루떡이 김을 내며 상 위에 올라온다.

집으로 돌아가는 길 동구 밖에서 외할머니는 어서 가라고 손을 휘휘 내젓고는 돌아선다. 뒤돌아보기를 서너 번 반복하는 엄마는 올 때보다 더 커진 보따리를 머리에 이고 아이와 함께 심천역을 향해 걷는다. 멀리서 기차의 기적 소리가 울리고 차마 떨어지지 않는 발걸음을 옮기는 엄마의 눈엔 눈물이 맺히고 철없는 아이는 집에 빨리 가자고 조르며 엄마 손을 잡아끈다.

아련한 추억 속에 한 편의 아름다운 동화가 간직되어 있는 그곳에 소중한 사람들의 숨결이 서려 있겠지. 한번 쯤 시간을 내서 어린 날의 그 아이가 되어 심천역을 찾아가야겠다는 마음이 절로 생긴다.

아호 雅號

　대부분 사람은 나를 홍선생이라 부른다. 그러나 내가 불러주기를 바라는 이름은 아호인 茶亭이다. 삼 년간 청계서당을 다녀 사랑의 마음과 지혜를 가졌다는 仁知堂이라는 호도 받았지만 다정이라는 호가 나에게는 익숙하고 더 정겹다. 아호의 뜻은 잘 모르면서도 어감이 좋아서 그런지 따뜻하고 정이 많다는 뜻으로 대략 짐작하는 경우가 많다.

　이천년 여름방학 사계수필 회장님이셨던 손 선생님께서 전화를 하셨다. 이름을 한자로 물어보아 내심 무엇인가 있기는 있구나 싶었는데 막상 묻기가 그래서 짐짓 모르는 체하였다. 얼마 후 사계수필 첫 세미나를 지리산으로 이박 삼일 가게 되었다. 콘도의 서랍장을 식탁으로 만들어 이애경 총무와 만나 준비한 밑반찬과 전으로 풍성한 저녁을 먹은 후였다. 수필가로 등단한 것을 축하해 주려고 아호를 지어 내게 증정하셨다. 아호에 대한 한시까지 지어 붓으로 정성껏 써서 함께 주셨다. 회원들의 박수소리에 지리산 구름되어 하늘을 떠다니던 기분이었다면 지나친 과장일까?

雅號

茶亭

	맑은 물 씻어내는
玉 水 遮 人 事	자잘한 근심.
	푸른 산 막아서는
靑 山 絶 世 塵	자욱한 티끌.
	정자 안 넘실대는
茶 香 亭 子 滿	그윽한 다향.
	해와 달 찾아와선
日 月 不 歸 賓	갈 줄 모른다.

己卯 閑日

爲　洪英淑 先生
睡朋 孫廣世 謹呈

꿈보다 해몽이 좋다고 한시를 받아 읽어보니 작가로서 지녀야 할 품성을 넌지시 일러준 것 같다. 자잘한 근심을 맑은 물로 다스릴 줄 알고, 눈앞에 보이는 것에 사로잡히지 말고 더 높고 푸른 경지로 나아가라는 뜻이 담겨져 있다. 세상의 잡다한 것을 넘어서 여유와 풍요로 이끌어 가는 삶의 자세로 글을 쓰라는 뜻이 아닐까 싶다. 차 향기처럼 은은한 내면의 향기로 다른 사람의 근심조차 씻어줄 수 있는 사람으로 살아야겠다는 생각이 들었다. 그윽한 다향이 되기 위한 마음을 가져보려 새벽에 혼자 빠져나와 지리산 계곡물에 발을 담그고 왔다. 아름다운 순간이자 큰 선물이었다. 한시는 액자로 만들어 잘 보관하고 있다.

연이어 등단한 선생님들께 호와 한시를 지어주신 손 선생님께 감사한 마음을 잊지 않고 산다. 때로는 다정이 병이 되어 어리석음에 마음 상하고 눈물 흘리는 일도 있지만 한글로 불러도 정겹게 느껴지기에 이름 앞에 아호를 적을 때가 가끔 있다.

창 너머 어둠이 깔려오고 강물은 유유히 흘러간다. 수년간의 객지생활에서 가족과 떨어져 외로움을 다기 수집과 차 마시는 것으로 견뎌냈다는 남편에게 녹차 한 잔을 부탁한다. 제대로 배운 적도 없으면서 무게를 잡으며 전문가 뺨칠 정도로 정성스레 녹차를 우려내는 남편이 정자가 되고 나는 차향이 되어 한시를 읊어본다. 시간가는 줄 모르고 이야기꽃을 피우며 즐겁게 쉬다가는 우리 집 방문객들을 위하여 시간 내어 다도를 배워볼까 한다.

작은아들의 친구

　5월은 가정의 달이다. 이 오월에 떨어져 있던 가족이 만난다면 그보다 더 기쁜 일이 또 있을까! 하물며 몇 년을 얼굴도 못 보고 그리움으로 살았던 모자가 다시 만났다면 감격의 순간으로 흥분이 좀체 가시지 않으리라.

　3월 중순경의 휴일이다. 모처럼 온 가족이 모여 함께 저녁 식사를 하는데 중학교 2학년인 작은아들이 친구 이야기를 꺼냈다. 한 반 친구인 동현이에 대한 이야기였다. 엄마 아빠가 이혼해서 새엄마와 사는데 밥도 주지 않고 방과 후에도 열 시까지 집에 들어가지 못하는 불쌍한 친구라는 점을 계속 강조하였다. 그때는 안됐다는 표정으로 들어만 주었는데, 얼마 후에 애걸하다시피 남편을 조르는 목소리가 들려왔다. 불쌍하니까 우리 집에 데려와 함께 살면 안 되느냐고 묻는 말이다. 심성이 곱고 여린 아이라 당연히 그럴 수 있다는 생각을 하며 저러다 그만두겠지 하며 잊고 있었다. 그

다음날부터는 자기는 엄마 아빠와 함께 살아서 행복하다는 둥 엄마가 너무 좋다는 둥 갑자기 철든 아이처럼 말을 하기 시작했다. 그런데 휴일 친구 생일잔치에 간 아이가 저녁 6시가 되어도 돌아오지 않아 걱정하는데 전화가 왔다. 지금 빨리 오라고 야단을 쳤더니 잠시 후에 잘못했다고 빌며 들어왔다. 어쩔 줄 모르는 표정을 지으며 방으로 들어온 아이를 향해 야단치고 있는데 남편이 문을 열며 잠깐 나와 보라고 하였다. 초등학교 4학년 정도밖에 안 되는 작은 체구, 잔뜩 겁먹은 눈을 한 아이가 현관 앞에 서서 고개를 떨어뜨리고 있었다. 남편이 인제 그만 하라는 눈짓을 보냈다.

"어서 들어오너라. 윤성이가 아침에 나가서 연락도 없이 늦게
 들어와 혼나는 거야."

남편의 부드러운 목소리에 신발을 벗고 들어오는 아이는 아들이 말한 동현이었다. 식사가 끝나고 딸기를 주니 눈치를 보며 연방 먹어도 되느냐고 묻고는 먹는다. 측은하고 불쌍한 마음이 들었다. 밤 아홉 시가 넘었는데도 갈 생각을 하지 않는다. 부모님이 걱정하지 않도록 가기를 독촉하니 열 시가 넘어야만 집에 들어갈 수 있다고 한다. 자초지종을 물어본 난 순간적으로 끓어오르는 분노를 억제할 수가 없었다. 아침에는 깨워서 밥도 주지 않고 그냥 내보내고 저녁에는 열시 이후에야 문을 열어준다고 하였다. 벌써 이 년째 그런 생활을 하며 가끔 아빠가 주는 돈으로 컵라면이나 빵을 사먹고 지낸다고 한다. 현재 육 학년인 동생이 배가 고파

저금통에서 돈을 꺼낸 후부터 열시 이후에 들어오게 했다는 이야기를 한다. 그 어린것들이 무슨 죄가 있다고…… 도대체 이런 일이 있을 수 있는 걸까? 점심은 담임선생님께서 무상급식을 하게 해주어 해결하며 문방구 앞에서 놀거나 서현문고에서 책을 보다가 시간이 되면 들어간다는 말도 곁들인다. 배가 고파도 어쩔 수 없이 참는단다. 아빠는 새벽 여섯 시에 나가서 밤 열두 시가 되어서야 들어오며 그 사실을 알면서도 어쩌지를 못한다는 소리에 아연할 수밖에 없었다. 아동학대죄로 고발하고 싶다는 충동을 억누르며 밤새도록 잠을 설쳤다.

담임선생님께 그 사실을 말씀드리게 한 후 동현이는 매일 방과 후에 우리 집으로 왔다. 저녁을 먹고 놀기도 하고 공부도 하고, 학원에 가는 아들을 따라 밖에서 기다렸다 오기도 하며 지냈다. 밤 열 시가 되면 가기 싫어하는 아이를 달래 남편이 차에 태워 집까지 데려다주고 아침 식사로 빵과 음료수를 준비해주는 일은 내 몫이었다. 하루 이틀 한 달이 다 되어가자 심한 감기까지 앓게 된 나는 온 식구가 밤늦은 시간까지 그 아이에게 매달려 다들 지친 상태임을 알게 되었다. 불쌍하다는 생각을 하면서도 부모가 챙기지 않는 아이를 우리가 이렇게 챙겨야 하나 하는 회의도 들고 근본적인 대책이 마련되지 않으면 어쩌나 하는 걱정도 되었다. 마침 그런 심정일 때 담임선생님께서 고맙다는 말과 함께 둘이 앞뒤로 앉아 우리 아이가 산만해지는 것 같아 자리를 바꾸었다는 전화가 왔다. 그 다음날부터 동현 이는 저녁만 먹고 삼성플라자 셔틀버스를 타고 갔다. 열 시까지 어디서 무엇을 할까? 그냥 우리 집에 있으라고 할 걸……. 어쩌다 그 애가 오지 않았다는 날은 온 종일 걱정이 되고 체증 걸린 듯 가슴이 답답해지곤 하였다. 대개가 그 날은 학교에 오지 않은 날이다.

수학여행을 가기 전날 저녁을 먹고 있는 그 애와 오랜만에 만났다. 감기가 심해 약을 먹었더니 얼마 있으면 해결이 날것이라며 자포자기의 표정을 짓는다. 아파서 누워 있는데 아줌마라 부르는 새엄마가 내쫓았다고 한다. 집이 팔리면 이사를 하는데 절대 데려가지 않는다고 했다며 친엄마를 빨리 찾고 싶다고 하였다. 점심과 간단한 간식을 내일 아침 윤성이 편에 보내준다고 하니 '오랜 만에 제대로 된 도시락 먹어보겠군.' 혼잣말로 중얼거린다. 바라보는 나도 이렇게 막막한데 저 아이의 심정은 오죽할까 싶었다.

동현이를 마지막으로 만난 것은 수학여행을 다녀온 날이다. 아파트 엘리베이터 문을 열고 복도로 들어오는 순간 현관을 나서는 그 애와 마주쳤다. 동현이는 묻는 말에 대답도 하지 않고 감기가 더 심해져서 열에 들뜬 건지 아니면 화가 난 건지 시큰둥한 표정을 지으며 가버리고 말았다. 집에 들어와 남편에게 물어보니 가기 싫어하는 아이를 집에 가서 씻고 푹 쉬라고 보냈다는 게 아닌가. 그날은 남편이 야속하게 생각되었다. 다음날 학교에도 나오지 않았다고 해서 걱정을 했는데 월요일에 친엄마를 찾았다는 반가운 소식을 아들이 전해주었다. 이틀 전에는 중간고사를 끝내고 친엄마 품으로 돌아갔다는 담임선생님의 전화를 받았다. 얼마나 반갑고 기뻤는지 모른다. 엄마 찾아 축하한다는 말을 아들 편으로 전하긴 했지만 좀 더 따뜻하게 더 잘해주지 못한 게 못내 걸린다.

비록 전화 한 통화 없이 가버린 아이지만 절망의 구렁텅이에서 희망으로 건져진 그 아이를 위해 보이지 않는 축복을 내린 신께 감사의 기도를 올린다. 내게 있어 이 오월은 마음의 짐을 벗은 의미 있는 날로 오래오래 기억될 것이다. 훈풍처럼 부드럽고 섬세한 착한 내 아이의 마음 자락을 사랑하면서 우리 가정의 평화와 행복을 위해 파이팅을 외친다.

친정어머니와 제라늄

친정어머니가 추석 지내러 창원에 가신 지 한 달이 지났다.
'꽃아, 사랑한다.'

아침이면 잠결에 들리던 어머니의 목소리가 사라진 순간 우리
집 화분들은 사랑의 손길 대신 무관심 속에 조금씩 병들어 갔다.
죽어가는 식물을 살려내는 남다른 능력은 어머니의 사랑과 정성이
담긴 마음임을 우리 가족은 다 안다. 바쁘다는 핑계로 눈길 한
번 주지 않다 어느 주말 내 눈에 들어온 제라늄은 마지막 꽃을
피우고 있었다. 누런 잎들이 말려들어 가고 금방이라도 떨어질
듯한 아래쪽 잎들에 시선이 가자 황량한 내 마음 같아 서글픔이
일었다. 가운데 잎 중 삼분의 이 정도는 녹색이고 나머지는 단풍처
럼 물들어 가고 있었다. 윗부분은 가지 끝에서 꽃봉오리가 열려
연분홍의 예쁜 자태를 드러낸 채 곱기만 하다. 가만히 바라보고
있으니 우리 삶의 모습을 그대로 보여주고 있다. 먼저 잎이 나서

낙엽이 될 운명 앞에 놓인 아래쪽 잎들은 내 부모 세대고 반쯤 단풍이 든 가운데 잎들은 우리 세대이다. 그래도 녹색의 싱싱함으로 마지막 꽃을 지탱하는 것은 자식 세대라는 생각을 하며 자연의 순리를 생각하게 된다.

제라늄 화분이 우리 집에 온 것은 올봄이다. 친구 분과 함께 모란 시장에서 이천 원 주고 꽃 사왔다며 자랑하는 친정어머니의 성화에 베란다 문을 열고 들여다본 것이 첫 만남이다. 그 때는 부드러운 연둣빛 잎들이 가냘프게만 보였다. 제대로 꽃이나 필까 싶었는데 두 계절을 지나고도 강인한 생명력으로 삼 세대를 느끼게 해준다. 어머니는 빨간색 꽃이 피는 제라늄을 함께 산 친구 분한테 양보하고는 꽃이 필 때까지 서운해 하셨다.

어느 날 퇴근해서 집으로 들어서는 데 감격에 겨운 친정어머니의 목소리가 들렸다.

"이리 좀 와봐라. 꽃이 세 송이 피었다. 그런데 빨간색이 아니라 덜 예쁘구나"

왜 그렇게 빨간색에 집착하느냐며 분홍색 꽃이 훨씬 화사하게 예쁘다는 내 말에 긍정도 부정도 아닌 표정을 지으신다. 남에게 양보했지만 내가 갖지 못한 서운함을 잊기는 매우 어려운 것이 우리 인간의 마음인가보다.

'내가 베푼 것은 그 순간 잊어버리고 남에게 받은 것은 잊지 말라.'

이 말을 종종 되살리면서도 서운함으로 마음의 상처를 받는 경우가 있다. 나는 부탁을 거절한 후의 불편함보다 조금 서운해도 양보하는 것이 훨씬 편하다는 삶의 습관을 버리지 못한다. 나의 장점이자 단점인 것을 잘 안다. 그래서인지 분명하고 냉철한 사람을 만나면 늘 의기소침해진다.

'내 자신이 누구인 줄을 아는 것이 가장 중요하고 나답게 사는 것이 가장 잘 사는 것이다.'

그럴 때마다 법정 스님의 글을 읽으며 위로를 받는다. 나이 들어 종교를 가진 것은 남이 갖지 않은 재산을 가진 것과 같다는 말에 전적으로 동의하면서 다시 신앙을 가져야겠다는 마음이 한순간 든다.

제라늄 꽃이 핀 이후로 친정어머니의 서운함은 사라졌는지 더는 꽃 색깔을 가지고 이야기하지 않는다. 어느 날은 꽃봉오리들이 우산처럼 아래를 향하고 있다고 와서 들여다보라고 성화를 하신다. 신기해서 어쩔 줄 모르겠다는 표정이 천진한 어린애의 모습이다. 꽃을 피울 봉오리 두세 개가 위를 향하는 것도, 다음날 꽃이 피어 활짝 웃는 것도 어머니에게는 새로운 발견이자 기쁨이다. 꽃을 바라보며 세상에 부러울 것이 없는 것처럼 행복해 하신다. 인생의 깨달음이 저런 게 아닐까 하는 생각이 드는 순간이다. 나이가 들면 사랑할 대상이 있어야 한다는 말이 정말이구나 싶다. 어질인에서 나오는 측은지심과 사랑이 모두에게 꼭 필요한 자양분임을 새삼 깨닫게 된다.

친정어머니는 시골 출신으로 내세울 만한 배움도 재산도 가지지 않았지만 살아온 굴레의 세월이 제라늄과 흡사하다. 꽃다운 열여덟에 선 한번 보고 결혼한 새색시가 스물에 첫 딸을 낳았다. 청상 과부 시어머니와 시외조모를 모신 모진 시집살이는 옷고름으로 찍어낸 눈물의 통장이다. 삼대독자 아들을 낳을 때까지의 구박에 죽음까지 생각했던 고통이 한으로 남기도 했으리라. 멀쩡한 직장 던지고 배 사업한다며 퇴직금을 날린 친정아버지 때문에 가정 경제까지 떠맡으셨다. 연이어 아버지가 교통사고로 일 년 넘게 방안에서 누워 계셨던 시절 어머니의 인생은 빛보다 그림자였다. 사남매 낳아 기르다 눈에 넣어도 아프지 않다는 둘째 딸을 꽃다운 나이에 암으로 하늘나라로 보냈다. 그 후로 가슴에 묻고 사신 세월은 오죽 고통스러웠을까. 운명이라 받아들이고 체념하며 혼자 삭이셨겠지. 자식들 등록금 대려고 다리가 붓도록 돌려대던 재봉틀 일이 어머니의 오랜 직업이다. 내 아이 둘을 키워 주시느라 결국 목 디스크에 걸려 고생하고 계신다. 말없이 감내한 긴 세월 앞에 통증도 일상으로 여기며 마음 비우고 사시니 다행이다. 친정아버지가 남겨주신 낡은 아파트 한 채와 천주교 신자로 인도함이 떠난 이의 사랑이었음을 아시는지 푸념 섞인 원망도 이제는 하시지 않는다. 어머니의 고단한 인생이 외할머니께 불효였노라고 가슴 아파하는 걸 볼 때 자신을 돌아본다. 먼 훗날 회한의 낚시질을 깊게

드리지 않기 위해서라도 바쁘다는 핑계를 대지 않고 주위를 둘러보며 살아야겠다.

한여름 은은한 향기로 코끝을 스쳐오던 난도 한 달을 넘기지 못하는데 제라늄 꽃은 시월 중순인 지금까지도 피어 있다. 친정어머니를 닮은 누런 잎이 달린 줄기는 손가락 굵기만 하다. 억세고 불거져 볼품없지만 가지를 뻗게 하고 새 잎을 나게 했으니 당연히 희생과 사랑의 상징이다. 또 흐르는 시간 앞에 필멸의 존재임을 일깨워 준다. 끈질김으로 지칠 줄 모르고 꽃을 피우는 제라늄을 보며 쉽게 포기하고 낙담하는 나 자신을 견주어 본다. 새삼 부끄러운 마음과 함께 화분에 물을 주며 들여다보니 희망은 사랑하는 마음에서 시작되는 것이라고 속삭인다.

진보라색 털목도리

해마다 겨울방학이 끝날 즈음 옷장을 정리할 생각으로 장롱문을 연다. 올해도 버려야 할 옷을 꺼내다 보니 진보라색 털목도리가 얌전히 걸려 있다. 가끔 슈퍼에 나갈 때 목에 두르긴 하였지만 최근 몇 년 동안 그냥 있는지 없는지도 모르고 지나갔다. 손뜨개질로 정성껏 짠 털목도리를 꺼내 목에다 걸고 거울 앞에 섰다. 시어머니가 세상을 떠나시기 바로 전 해 선물로 준 손수 뜨셨다는 유난히 아끼시던 털목도리다. 며느리 사랑과 함께 내게 유일하게 남겨주신 유품이다. 한 올 한 올 정성스레 짠 목도리를 만지작거리자 어디선가 나를 부르는 소리가 들리는 듯하여 울컥하는 심정이 되었다. 기억 속에서 들리는 시어머니의 목소리였다.

"우리 큰며느리는 며느리고 작은 며느리는 큰 딸이요. 내 딸 수자는 둘째딸이요."

교인들이 심방 올 때마다 하시던 말씀이다.

"우리 작은 며느리가 여기 있다고 하는 말이 아니요."

끝에 꼭 이 말을 하셨다.

결혼해서 삼 년 후 시어머니가 돌아가셨으니 벌써 이십오 년 전의 일이다. 남편 친구 소개로 만나고 다닐 때 유난히 좋아하며 사랑해주셨던 분이다.

"참새는 작아도 알만 잘 낳는다."

키가 작고 몸이 약한 나를 배려하며 하신 말이지만 큰아이를 힘들게 얻고 난 후 다시는 아이를 낳지 못할까 봐 염려하는 마음이 묻어 있었다.

"내가 우리 작은 며느리 자식 하나 더 낳으라고 하면 죽으라고 하는 말이나 마찬가지지."

한숨 섞인 목소리로 종종 하시던 말씀에 운 좋게 임신하여 함박 같은 웃음을 지으셨는데 그만 유산이 되고 말았다. 병실에 찾아오셔서 서운함을 감추지 못하시던 모습이 눈에 선하다. 용돈 하시라고 쥐여 준 돈이 가시고 난 뒤 병원 침대 모서리에 얌전히 놓여 있었다. 얼마나 서운하셨을까. 그리고 몇 달 되지 않아 중환자실에서 돌아가셨다. 둘째 아들을 낳기까지 마음으로 불효한 듯하여 죄스러운 마음을 가지고 살았다.

오 년 터울인 둘째 아들 역시 유산기가 심해 올려 붙는 주사를 맞으며 출근도 못하고 거의 두 달을 움직이지 않고 누워 있은 덕에 겨우 얻었다.

"시어머니가 살아 계셨으면 누구보다 좋아하셨을 텐데……"

그동안 마음에 두고 살았던 죄스러움도 사라지고 시어머니에 대한 그리움이 아쉬움으로 다가왔다.

결혼 초 시어머니는 유난히 성미가 강직한데다가 좌골신경통으로 건강이 안 좋아서 비위 맞추기가 무척 어려웠다. 거기다가 조실부모하고 내가 결혼하기 수 년 전에 시아버지까지 돌아가신 후라 경제적으로나 정신적으로 고달프고 힘든 삶을 살아오신 분이셨다. 결혼 당시 큰아들이던 아주버님은 가족을 데리고 일본으로 유학 가고 없었다. 하늘이 내린 효자라는 소리를 듣는 남편이 결혼하니 마음 한 편 서운함이 가시지 않으셨는지 볼멘소리를 자주 하셨다. 결혼 전과는 달라진 시어머니의 모습에 의아하기도 하고 두렵기도 하였다. 오직 자식 잘되기만을 기도하며 사셨고 주위에서 아들 잘 키웠다는 말을 듣고 살아오셔서 그런지 늘 당당하셨다. 시어머니는 결혼 육 개월 되던 해 간 화농으로 수술을 받으신 후 계속 건강이 나빠지셨다. 거기에다 며느리인 나는 임신으로 출퇴근이 힘들어 학교 근처로 분가를 하였으니 서운함이 가슴 속에 앙금처럼 쌓였을 법도 하다는 생각을 나이가 들고서야 하게 되었다. 그러나 일주일마다 뵈러 가면 부추김치, 배추김치, 알 타리 무김치 등을 담아놓고 기다리고 계셨다. 그 정성과 고마움을 그때는 잘 몰랐다. 김치의 속에 시어머니의 사랑이 고스란히 녹아 있다는 것을 알려고도 하지 않고 고마워하는 마음도 없이 가져와

먹었다. 지금 생각하면 마음이 아리고 죄스럽다.

'우리 엄마 발뒤꿈치도 못 따라간다.'

　평소 남편의 시어머니 자랑에 속으로 화만 키웠는데 자식을 낳고 길러보니 더 자랑해도 서운해 할 것 하나도 없겠다는 생각이 들었다. 어려운 가운데도 효도하는 모범생 자식을 길러냈으니 자랑스러운 분이시다. 늘 새벽기도를 가서 자식을 위해 기도하시던 모습이 눈에 선하다. 식탁에서 자식과 며느리, 손자 손녀 한 명 한 명을 위해 기도하느라 식은 밥을 먹는 일이 허다하기는 했지만, 그 일 역시 그 분의 자식 사랑 중 가장 큰 비중을 차지하는 부분이다. 시어머니는 부모님을 일찍 여의고 초등학교도 다니지 못했지만 스스로 한글을 깨치고 노트 한 권에 자서전까지 써놓고 돌아가셨다. 자식들에게 꼭 교회를 나가고 예수님을 믿으라는 유언을 남기셨는데 시누이와 시동생 외에는 아직 실천을 하지 않으니 이 또한 불효인 줄 안다.

　큰아들을 낳고 병실에 누워 있을 때다. 그 당시 시어머니는 병원에서 퇴원한 지 얼마 되지 않아 옆구리에 비닐 호스를 낀 당신 몸도 건사하기가 어려운 형편이셨다. 손자를 낳았다는 소리를 듣는 순간 미역국을 끓여 그 몸으로 4리터짜리 노란 양은 주전자에 담아오셨다. 병원에서 미역국이 나온다고 해도 아랑곳하지 않고 정성스레 미역국을 계속 끓여 오셨다. 그분의 유난한 자식 사랑의 표현이 짠한 감동으로 다가왔다. 면회 시간에 우리 아기라며 좋아서 어쩔 줄을 모르던 그 모습에 시어머니에 대한 서운함은 눈 녹듯이 사라졌다. 그 이후 세상에서 둘도 없는 사이좋은 고부간이 되었다. 그 당시 경제적으로 여유가 없어 잘해 드리지 못한 점이 늘 죄송하고 조금만 더 살아계셨더라면 하는 아쉬움이 살면서 더 간절해진다. 어느 공휴일 살아오신 세월을 하루 종일 소설 쓰시듯 말씀하셨다. 그리고 얼마 후 그토록 아끼던 털목도리를 선물로 주시고 쉰아홉의 연세로 하늘나라로 가셨다.

시어머니와 함께 한 세월은 삼 년이지만 마음은 삼십 년 산 것 같다. 진보라색 털목도리의 따스함이 시어머니의 사랑으로 느껴지자 마음마저 따뜻해지기 시작한다.

마음의
청정 밭을 꿈꾸다

나날이 변화하는 여름 숲의 성장이 일깨워주는 열정과 이상은 우리네의
젊은 시절과 다를 바가 없다. 작렬하는 태양의 입맞춤에 황홀해 하기도
하고 온몸으로 뜨거움의 고통을 감내하며 가을을 향해 달려가는 모습을
뒤쫓기도 한다.

가을 속에 노닐다

창 너머 겹겹이 펼쳐진 열두 폭 치맛자락 같은 산에 단풍이
물들고 있다. 가을 햇살에 반짝이며 흘러가는 강물을 나란히 하고
간간이 금당계곡을 향하는 차량 소리가 적막을 깬다. 황금 들녘엔
가을 추수가 한창이다. 허리 구부려 부지런히 일손을 놀리는 농부
의 모습이 경건함으로 다가온다. 고개를 돌려보니 단풍이 들기
시작한 나무가 미풍에 흔들리고 있다. 나무 아래 떨어져 뒹구는
낙엽 사이에는 산복숭아 열매가 수북하게 쌓여 벌레의 먹이가 되
고 있다. 노란 야생국화가 '날 좀 보아 주세요'라고 소리치듯 시선
을 끌고 차를 만들려고 식탁에서 말리는 국화 향기가 코끝으로
진하게 풍겨온다.

자연이 부르는 소리에 가만히 방안에 있을 수가 없어 장화를
신고 밖으로 나갔다. 병풍 같은 암벽 뒷산에는 화려한 빛깔로 나무
들이 옷을 갈아입고 있다. 하얀 풀꽃으로 뒤덮였던 둔덕에는 보랏

빛 구절초와 작은 꽃송이들이 모여 꽃나무처럼 보이는 국화꽃이 황금빛으로 빛나며 반색을 한다. 아름다움을 넘어선 마음의 울림은 자연이 주는 가장 큰 선물이 아닐까 싶다. 여기저기서 나를 부르는 소리가 들린다. 한여름 화려한 자태로 뽐내던 붉은 장미가 고개를 떨어뜨린 채 낙화를 준비하고 하늘을 향해 지칠 줄 모르고 뻗어 오르던 능소화나무도 가을빛으로 물들어 가고 있다. 하룻밤의 사랑이 끝난 후 구중궁궐 별채에서 찾아주지 않는 임금인 임오기만을 기다리다 결국 상사병에 걸려 죽고나서 그 자리에서 피어났다는 능소화의 사연을 떠올리며 '사랑이란 무엇인가? 라는 화두를 던져본다. '아름다움은 슬픔과 고통 속에서 태어난다.'는 말을 중얼거려 보기도 한다.

초여름 빨간 열매를 선사하고 아직 푸른 잎으로 힘차게 팔을 뻗치는 보리수나무와는 달리 싸리나무와 모과나무는 낙엽 뜰을 만들고 있다. 초록빛과 흙빛으로 생사를 알려주는 측백나무를 보며 삶과 죽음, 사라진 것과 남아있는 것들의 경계선을 가르는 빛깔이 주는 의미를 되살려본다. 희망과 건강, 심리적 치료로 활용되는 빛깔이 남색을 제외한 무지개색이라고 한다. 부족하지만 늘 희망을 품고 전진하는 초록빛과 풍요와 재산 및 황제를 상징하는 것은 황금색이다. 열정을 나타내는 붉은색, 지성인의 색으로 통하는 것은 파란색이다. 활력과 에너지를 북돋아주는 주황색, 안정과 신비로움의 보라색의 향연이 펼쳐지는 가을 앞에서 유독 낙엽만이 쓸쓸함이다. 말없이 왔다 사라져가는 수많은 생명의 이치를 자연은 순환의 법칙으로 가르쳐준다. 잠시나마 반성과 겸허함에 젖으며 떠난 이들의 그리운 얼굴들을 떠올린다.

다시 집안으로 들어와 포도 한 송이 양만큼도 되지 않는 까만 구슬 같은 머루 포도 일곱 송이를 오도록 오도독 씨까지 씹어 먹는다. 잎이 나고 열매가 맺히고 익어가는 그 숱한 시간에 비해 입속에서 사라지는 건 순간이다. 우리 인생도 죽음 앞에서는 이와 비슷하지 않을까.

비닐봉지를 들고 다시 밖으로 나갔다. 작년까지는 그냥 지나쳤지만 올해부터는 땀 한 방울 흘리지 않으면서도 수확에 욕심을 부리기 시작했다. 초여름 오디와 보리수 열매를 시작으로 이번에는 지천으로 널린 국화를 땄다. 한 시간 정도 따서 말려봐야 얼마 되지 않을 텐데 나누어 주고 싶은 사람은 왜 이리 많은지 모르겠다. 마음으로 나누고 놀러 오시는 분들에게나 대접해 드리는 수밖에 없다. 남편한테서는 뱀이 독이 올라 있고 말벌들이 많으니까 따러 가지 말라고 연거푸 전화가 걸려오지만 내게는 '소귀에 경 읽기'다. 불현듯 지난번 놀러 왔다 떨어진 것을 씻어 드시며 먹을 만하다는 오 선생님 생각이 났다. 뒤뜰로 가서 검버섯으로 변한 뽕잎 주위에 있는 산 복숭아 열매를 따기 시작했다. 다 떨어지고 앙상한 가지 위에 두세 개씩 달려 있어 높은 곳은 두고 가지를 늘어뜨려 땄다. 따는 재미가 쏠쏠하다. 비록 맛은 없지만 받아들고 기뻐할 모습을 떠올리니 팔에 생채기가 나도 따가움조차 느껴지지 않는다. 마지막으로 입구에 심어져 있는 산 사과나무로 향했다. 나무 한 그루에 빨간 열매들이 군데군데 거미줄을 친구삼아 조롱조롱 매달려 있다.

'아무도 보아주지 않아도 빈 집을 지켜주니 고마워해야 할 텐데…….'

한참을 따도 별로 줄어들지 않아 그만 딸까 망설이는데 과실주 좋아하는 남편 얼굴이 떠올라 따던 손을 멈추지를 못한다.

'열매는 따먹으라고 있는 거야.'

애써 미안한 마음을 지우며 정신없이 따다보니 열매 없는 나무가 되고 만다. 너무 욕심을 부리는 것이 아닌가 싶어 주위를 둘러보니 아랫집 영수네 밭에서 고랭지 채소인 배추 수확이 한창이다. 다른 집 밭도 탐스럽던 배추들이 뽑혀나가고 까까머리가 되어 있다. 이곳은 올여름 물이 서서 걸어온다고 표현할 만큼 홍수때문에 피해가 큰 지역이다. 가을의 결실이 경제적 정신적 아픔을 당한 동네 사람들에게 다소나마 경제적 수익과 함께 상처가 치유되는 시간이 되기를 빌어본다.

넉넉하고 아름다운 가을 풍경 속에 다람쥐 한 마리가 쪼르르 달려가고 있다. 혼자이면서도 혼자가 아닌, 한가로우면서도 한가롭지 않은 가을 속에 노닐다 보니 마음이 맑아져서 신선이 된 듯하다.

'一日淸閑一日仙이니라.'

가을 숲

가을 숲에 서면 옷깃 여미는 경건한 마음이 된다. 연둣빛 향연에서 푸름의 축제를 끝내고 서서히 옷을 갈아입기 시작하는 자연의 오묘한 섭리에서 삶을 반추하고 성찰의 시간을 가지게 된다. 오래오래 숲을 바라보면 마음속 깊은 샘에서 건져내는 맑은 눈물이 눈가를 적시며 지치고 병들었던 영혼은 휴식과 함께 고요해진다.

반짝이는 햇살 같은 유년의 시절 마을 뒷산은 신이 만들어준 놀이터였다. 아스라한 기억 속에서 되살아나는 봄날, 찔레꽃 향기 만발한 개울가를 지나 숲 속 길을 걸어가면 계곡 물소리와 함께 빨랫방망이 소리가 들린다. 엄마 따라나선 남자아이들은 나뭇가지 꺾어 산골짜기로 편을 갈라 전쟁놀이를 하였다. 여자 아이들은 진달래꽃을 꺾어 머리에 꽂고 풀잎 뜯어 소꿉놀이로 시간가는 줄을 몰랐다. 놀이에 지치면 계곡에 발 담그고 '나의 살던 고향' 노래를 불렀고 그때마다 멀리서 뻐꾸기 소리가 간간이 들려오곤 하였다.

빨랫 방망이 소리가 그칠 즈음이면 마을의 아낙들은 돌로 만든 임시 아궁이에 잔가지를 주워 모아 빨래를 삶았다. 그 사이 산나물을 찾아 헤매던 어머니의 방망이 소리가 다시 들리다 잠잠해지면 옥양목 호청이 펼쳐진 풀밭은 하얀 눈밭으로 변한다. 돌멩이들은 네 귀퉁이와 한가운데서 보초를 스며 바람과 소리 없는 전투를 벌였다. 맑은 공기, 시원한 바람뿐만 아니라 돌멩이 하나까지도 우리네 삶을 지탱해 주는 요긴한 물건이다. 산나물을 뜯느라 잠시도 손을 놓지 않던 어머니의 모습은 그리운 날들의 풍경화로 각인되어 마음속에 살아있다. 일 년치의 반찬으로 쓰인 산나물의 향긋함은 지금도 느껴지는 숲의 향기다. 이렇듯 자연은 풍성하고 은혜로운 것임을 어린 시절부터 알았기에 삶에 지치면 숲 속의 집을 향하여 세 시간을 쉬지 않고 달려오는 것이리라.

숲이라는 단어만 떠올려도 내게는 보석 같은 추억이 구슬처럼 꿰어져 빛나기 시작한다. 낡은 단층 기와 건물에 오르간 하나였던 초등학교 시절, 음악 시간과 미술 시간이면 학교 뒷산으로 올라가 노래를 부르고 그림을 그렸다. 이름 없는 풀들과의 조우는 늘 놀이로 이어졌고, 들꽃은 개미와 곤충들과 함께 일상에서 만나는 친구였다. 자연과 더불어 어울려 사는 그 시절 물질은 비록 궁핍하였지만, 행복지수는 무척 높았으리라 생각된다. 그것보다 더 아름다운 건 마음으로 그린 그림들이다. 멀리 내려다보이는 강물이 바다로 흘러가고 비행장에서 이륙하는 비행기가 하늘 높이 치솟을 때의 놀람이다. 숲 속의 나뭇잎 사이로 늘 눈을 반짝이고 하늘을 향해 산 기쁜 순간들이 있었기에 울적할 때 자연과 교감을 나누며 마음을 달래곤 한다.

나날이 변화하는 여름 숲의 성장이 일깨워주는 열정과 이상은 우리네의 젊은 시절과 다를 바가 없다. 작렬하는 태양의 입맞춤에 황홀해하기도 하고 온몸으로 뜨거움의 고통을 감내하며 가을을 향해 달려가는 모습을 뒤쫓기도 한다.

나무는 수액을 빨아올려 가지를 뻗고 뿌리를 튼튼히 하여 열매를 맺어 알차게 키운다. 외면의 아름다움을 벗고 내면을 살찌워야 열매가 맺힌다는 걸 몸으로 보여주는데도 베짱이의 우를 범하며 살고 있지는 않은지 반성할 일이다.

가을 숲에 서서 상수리나무 열매와 떡 벌어진 밤송이를 바라본다. 저 열매를 남기고 잎들은 낙엽으로 떨어져 바싹 마른 채 뒹굴다 흙으로 돌아가겠지.

단풍나무 숲으로 변하는 가을 산에서 나는 무엇을 취하고 무엇을 버려야 하는 걸까? 변함없는 자세로 자신의 직분을 마치고 흙으로 돌아가는 자연의 순환을 겸허한 마음으로 받아들이는 지혜를 배워야겠다. 아름다움은 수많은 고통과 번민으로 버무린 다음 빚어내는 순간의 기쁨이라는 것을 깨닫는다. 내 지나온 날도 감사함으로 점철되어 있음을, 가을날의 쓸쓸함보다 작은 열매라도 맺으려고 오늘 하루도 온힘을 다하는 삶을 가을 숲에서 다짐한다.

요란하게 들리는 풀벌레 소리가 생명의 귀한 소리로 들려온다. 스치는 바람에 흔들리는 나뭇잎도 말간 미소로 웃어주는 풀꽃들도 인연의 소중함을 숲 속의 향기로 전해준다. 숲이 고요와 평화를 선사해 주는 순간 두 손을 모은다.

나이 듦에 대하여

"요즘 당신은 어떠십니까?"

누가 묻는다면 무엇이라 대답할 수 있을까? 부쩍 심해진 두통과 함께 가슴 두근거림, 불안 증세, 무기력, 의기소침, 이유 없는 짜증과 원망, 가끔 조절되지 않는 감정 때문에 생기는 어색한 인간관계…… 열거하면 끝이 없을 정도다. 병원에 가서 이 검사 저 검사 다해도 이유는 없고 단지 스트레스와 과로를 피하고 적당한 운동을 하라는 처방만 내려준다. 한의원에 가도 표현법은 다르지만 별다른 해결책이 없이 증세 치료 완화를 위해 침을 맞고 한약을 복용하라는 정도다. 흔히 의학적으로 말하는 갱년기 증세에 안 걸리는 것이 없다. 인생 선배들이 하는 그 나이가 되면 다 그러니까, 약이 없으니 그렇거니 하고 참으면 된다는 말도 위안이 되지 않는다.

'나이 들면 병원에 돈 갖다 주는 일밖에 없다'

작년부터 입에 달고 다니며 열심히 병원에 다니지만 출구가 보이지 않는 터널 같기만 하다. 그동안 이것저것 벌려놓고 정신없이 살다 보니 피로가 쌓인 탓이라고 생각하고 올해는 마음속으로 '안식년'이라고 정했다. 업무나 매인 일에서는 다소 풀려나 조급함은 덜하나 어느 것 하나 제대로 하는 게 없이 늘 갈팡질팡하면서 산다. 열심히 해야겠다는 마음도 없고, 하면 뭐하나 하는 부정적인 생각이 옹이처럼 박혀 만사가 귀차니즘으로 변해가고 있다.

돌파구는 없을까? 문화생활을 즐겨보자며 뮤지컬, 오페라, 음악회를 다녀봐도 약효가 그 순간만 지나면 없어진다. 오히려 그곳에 다녀왔다는 허세가 쓸쓸한 뒷맛으로 남기도 한다. 책만 있으면 세상에 부러운 것이 없다는 말로 책읽기에 몰두해 봐도 예전과 같은 행복감은 둔화하고 단지 읽으니 마음에 위안이 좀 된다는 정도의 기분만 남는다. 마음 다스리기 공부라며 서당을 다니지만 남들처럼 머릿속에 쏙쏙 들어오지도 않고 시간이 없다는 핑계로 열심히 하지 않으니 괜스레 긁어 부스럼 된 격이 아닌가 싶을 때도 있다.

'핑계 없는 무덤이 없다.'

올해는 어떤 일이 있어도 목표를 세워 수필집 한 권은 내자고 해놓고 몇 년째 책은커녕 글 한 편도 제때 써내지 못하고 발등에 불 떨어져야 겨우 해낸다. 능력도 없는 주제에 욕심은 왜 그리 많은지 남이 하면 덩달아 하고 싶어 안달만 내다 제풀에 꺾여 의기소침해지곤 한다.

얼마 전 대학원 동기인 김 선생이 메일 보냈으니 빨리 읽어보라는 메시지를 연거푸 보냈다. 열어보니 법정 스님 글이 한 면 가득 채워져 있다. 몇 번이나 읽었던 글이지만 다시 읽으니 좋다며 답장을 보냈다. 곁들여 가을에 너무 고독에 빠지지 말라는 메시지 답으로 고독이 문제가 아니라 마음 밭에 잡초만 무성해서 잡초부터 먼저 뽑는 것이 최우선이라 했다. 그 말이 운치가 있으니 글로 써보는 게 좋겠다고 당장 답이 왔다. 진심 어린 격려의 말이지만 바람처럼 귓전에만 부딪히고 만다.

최근에는 오랜 지기인 전 선생이 서너 번이나 메시지 읽고 빨리 답장을 보내라고 하였다. 겨울방학 연수로 '마음 수련' 일주일 함께 다녀오자는 내용이다. 내가 안 가면 혼자라도 가겠다고 하지만 함께 가기를 바라는 마음이 담겨 있었다.

오랜 친구인 서 선생은 추석날 진도 시댁에서 지난번 내가 전화를 받지 않아 궁금했다며 전화가 왔다. 부처라는 별명이 붙은 그녀는 세상만사가 다 내 마음에 있다는 현명한 삶을 실천하고 산다. 내 삶의 설계를 새롭게 바꾸어 주는 연구를 해야겠다는 말로 통화를 끝냈다. 가까운 사람들이 대부분 같은 시기에 나를 위해 마음 쓰는 것을 보니 그들 보기에 내가 문제가 있어 보이나보다. 회피하려고만 하지 말고 자신을 돌아보고 대안을 모색하는 것이 가장 현명한 방법이 아닐까 싶다.

나이 탓이라는 핑계로 현실을 회피하지 말자. 신체가 말하는 소리에 귀 기울여 피곤하면 푹 쉬고 움직이기를 원하면 가끔 공원 길을 달려보자.

'알면 안다고 하고 모르면 모른다고 하는 게 아는 것이다'

마음에 와 닿는 공자님 말씀이다. 모르는 것에 너무 위축되지 말고, 너무 알려고 '열심히'를 입으로 외치며 실천하지 못하는 짓을 하지 말아야겠다. 한의사는 심기가 너무 약해서 그렇다고 하지만 작은 일에 마음 상하고 서운해 하는 못난 마음은 과감히 던져 버려야겠다.

조금씩 버릴 것을 찾아 버리자. 감정을 존중하되 절제할 줄 아는 진정 외롭지 않고 고독할 줄 아는 지혜를 배우자. 텅 빈 충만의 기쁨을 위해 지금부터라도 마음 밭의 잡초를 뽑기 시작해야겠다.

사라져 가는 것들에 대한 단상

일주일에 한 번 정도 지하철을 타고 출근한다. 지하철에서 내려 학교까지 가는 길은 잘 정비된 도로와 고층건물들이 즐비하다. 발걸음을 옮겨 중간쯤 걷다 보면 아빠 손을 잡고 재잘거리며 걸어오는 아이를 종종 보게 된다. 고사리 같은 손을 흔들며 유치원 건물 안으로 들어서는 꼬마들 또한 쉽게 볼 수 있다. 아이들의 모습뿐만 아니라 아름드리나무와 계절마다 피어나는 꽃들이 지나는 이들의 눈길을 끈다. 이곳이 육영회 유치원 건물이 있는 곳이다.

봄이면 벚꽃길이라 불리며 연분홍빛 꽃잎이 눈부시게 피어나 바람결에 흩날리기도 한다. 우아한 얼굴로 너그러운 미소를 짓는 목련꽃, 연둣빛 어린 잎들이 생명의 경이로움을 안겨준다. 쫓기는 출근길에 짧은 순간이나마 마음의 여유와 아름다움을 느끼는 길이다.

언제부터인가 변하기 시작한 길에 귀여운 아이들의 모습이 보이지 않는다. 의아한 생각을 하며 지나다니던 어느 날, 유치원 건물도 계절을 느끼게 해주던 나무들도 사라졌다. 낡은 건물이라 새로 지으려고 허물었나 보다. 그런데 그게 아니다. 그다음부터는 방호벽을 두른 채 안전모를 두른 아저씨와 레미콘 차량들이 드나들며 뽀얀 먼지만을 내뿜고 있어 숨이 막힌다.

한동안 아파트 삼사 층쯤 되어 보이는 지하 속에 큰 드럼통들이 군데군데 놓여 있는 것만 눈에 띈다. 시멘트 바닥에 나무 한 그루조차 남지 않은 곳을 지나며 가슴이 답답해 숨을 몰아쉰다. 한때는 이 길을 걸으며 아득히 먼 기억 속의 얼굴을 떠올리기도 하고 유년의 행복했던 기억을 반추할 수도 있었는데…….

학생들의 그림 공모전이 있다는 말을 듣는 순간 그동안의 의문이 사라졌다. 고층 아파트가 들어서려고 이미 공사가 시작된 걸 미련한 난 짐작만 했을 뿐이다.

'공사기간 동안 지역의 이미지를 살리려고 지역 학생들의 작품을 공모한 것이구나.'

내가 근무하는 학교 일 학년 어린이의 한복 입고 춤추는 그림과 대학생이 그린 송파놀이의 광대가 율동적인 모습으로 그려져 있다. 전국에서 가장 비싼 분양가로 세간의 입에 오르내린 아파트를 지으려고 도심 속의 한 폭 그림 같은 자연을 소멸해버렸다. 횡단보도를 건너기 전 잠시 쉬어 갈 수 있던 곳의 휴식 공간, 관심을 두고 보면 조각가의 예술혼을 느낄 수 있었던 조각품들조차 함께 사라졌다. 햇빛과 나무와 꽃들이 어우러져 살던 곳은 더 높은 곳을 향한 인간의 욕망에 소리 없이 무릎을 꿇고 만다.

지하철 도보 길만이 아니다. 승용차로 출퇴근 시, 산 아래 복사꽃이 피어나던 기와집과 양철 지붕, 안갯속에 고즈넉하던 마을이 폐허로 변했다.

'토지 공사는 땅장사, 주택 공사는 집장사'

'생존권 없는 나라. 죽음으로 타도하자'

여기저기 붉은 글씨의 깃발들이 난무한다. 연일 대박을 꿈꾸는 장소로 전 국민의 화려한 시선을 모으는 곳의 이면엔 황량함과 처절한 삶의 고통이 스며있다. 주인이 떠난 빈집에는 거리의 부랑아 같은 강아지들의 기이한 모습도 눈에 띈다. 배고픔에 동네 쓰레기통을 뒤지며 돌아다닌 탓이리라.

무엇보다 나를 슬프게 하는 것은 출근길의 짧은 순간이지만 계절과 함께 시심을 일으키게 하는 고향 같은 자연이 사라진 것이다. 뿌리째 뽑혀 사라진 나무와 함께 황토 빛을 드러내며 점점 낮은 평지로 깎여져가는 산등성이를 바라본다. 화려한 스타처럼 탄생될 신도시를 위해 소리 없이 사라져가는 많은 생명의 흐느낌이 들리는 듯하다. 한동안 다섯 그루의 나무와 함께 머핀의 모습으로 산등성이 가운데를 장식하던 누군가의 선영도 어느 날 사라지고 보이지 않는다. 오랜 세월을 버텨온 것도 사라질 때는 순간이다. 무자비한 힘의 논리에 의해 어쩔 수 없이 사라지는 것들에 대한 비애가 느껴진다.

봄이면 흐드러지듯 피던 개나리며 진달래도 돌아오는 봄부터는 볼 수 없다. 오월이면 향기와 함께 순결의 색으로 맞아주던 아카시아도 남성의 향기를 상징하는 밤꽃도 세월과 함께 낭만의 추억 속에 잠자고 있을지 모른다. 길 옆을 담장처럼 둘러싼 나라꽃 무궁화와 가슴 저리게 하는 구절초, 코스모스마저 이제는 볼 수 없다고 생각하니 가슴 속까지 황량해진다. 자연은 결코 돈으로 따질 수 없는 우리 삶의 원동력이자 기쁨의 원천인데…….

　'생성과 소멸' 물질이 인간 본성과 자연을 앞서가는 현대의 삶이 자꾸만 서글퍼진다. 더욱 편리하고 나은 생활을 위해 수십 년 아니 수백 년을 이어 온 아름다운 것이 사라진다. 그와 함께 죽어가는 생명을 보며 인간의 이기심의 끝은 어디일까? 상념에 잠긴다.

　이렇듯 세월과 함께 사라져 가는 것들은 내 기억 속에 풍경화로 남아 아쉬움과 함께 아득하면 또 그리워지리라.

새벽 산책

이른 새벽 잠든 일행을 두고 밖으로 나섰다. 사방을 둘러봐도 겹겹이 둘러싸인 산자락과 모락모락 연기처럼 피어오르는 안개가 그 유명한 지리산임을 일깨워 주었다. 낯선 곳이 안겨주는 경이로움과 신비는 알 수 없는 설렘으로 다가왔다. 6·25전쟁과 빨치산의 피비린내 나는 역사의 장이었다고 생각하기에는 너무 평화스럽고 아름다운 풍광이다.

열두 폭 치맛자락을 펼쳐놓은 듯한 포근함과 아늑함이 호젓한 들길을 향하게 하였다. 들판에는 무게를 감당 못한 벼 이삭이 고개를 떨어뜨린 채 여물어가고 있었다. 생명의 양식이 숨 쉬고 있다고 생각하니 씨앗을 싹틔워 열매를 맺게 한 분들의 땀과 노고에 숙연해졌다. 이 순간에도 보이지 않는 사람들의 수고와 땀으로 내가 살아가고 있다는 것을 새삼스레 느끼게 되니 자연은 영원한 스승일 수밖에……. 논두렁을 울타리처럼 둘러싼 콩잎은 진초록으로 푸름을 더해주고 풀잎 끝에 매달린 영롱한 이슬은 수줍은 듯 임을 그리는 여인네의 간절한 눈망울 같았다. 풀냄새와 함께 고개를 내미는 이름 모를 풀꽃들의 향연은 화려하지는 않지만 이름이라도 지어 나직이 불러주고 싶을 만큼 정겨웠다.

시냇물 흐르는 소리 역시 어린 시절에 대한 그리움을 불러 일으켰다. 바짓가랑이를 흠뻑 적시며 계곡 쪽으로 걸어가다 보니 윙윙거리는 소리가 요란했다. 계곡으로 이어지는 낮은 언덕에 무리지어 피어있는 하얀 꽃을 둘러싼 벌떼소리였다. 한참을 들여다봐도 자기 일에 열중하느라 반복적인 동작만 할 뿐 한 마리도 날아가지 않는 그 모습이 무척 아름답게 느껴졌다.

'말 못하는 곤충도 저렇게 제 삶을 사랑하는데…….'

편안함만 추구하는 삶이 순간 부끄러웠다.

계곡에 다다르니 물소리가 웅장하게 귓전을 울리기 시작했다. 교향곡처럼 소리가 커졌다가 다시 잔잔하게 강약고저를 넘나들며 끊임없이 흐르고 있었다. 위에서 흘러나오는 소리는 크게 들리는데 흘러 내려가는 소리는 흐르는 듯 마는 듯 약하게 들렸다.

'우리네 삶도 저런 게 아닐까?'

다가오는 삶에 대해서는 유난스레 감정의 소리를 내지만 지나간 삶에 대해서는 가끔 내면의 소리로만 들으려하니……. 큰 바위를 휘감고 내려오는 물은 물거품을 일으키며 포효하고서 큰 물 비늘을 만들고는 거침없이 흘러 내려갔다. 그러나 바위를 피해 작은 물 비늘을 그리며 고요히 흐르는 물은 평화였다. 흐르는 물도 저리 다르듯 인생도 제각기 다름을 왜 잊고 살았을까.

'남과 비교하지 않고 내 나름대로 진실 되고 가치 있는 삶을 살 때 가장 아름답지 않을까.'

무념무상의 상태가 되자 바위 위에 드러누워 하늘을 바라보았다. 회색빛 하늘이 어릿어릿 다가오더니 어느 순간 사라지고 솜사탕 같은 흰 구름이 나타났다. 새벽이 걷혀가는 고요의 시간에 하늘은 땅을 향하여 문을 열었다. 청자 빛의 하늘이 얼굴을 내밀자 수로를 따라 길게 펼쳐진 숲에는 매미와 찌르레기의 울음소리가 진동하였다. 한 폭의 수채화 같은 여름날의 풍경을 가슴 속에 새기며 돌탑을 쌓기 시작했다. 떠나고 싶은 마음과 떠나오면 다시 돌아가고픈 모순조차 소중하게 느끼며…….

기다리는 사람들에 대한 뒤늦은 생각으로 돌아오는 길에는 송사리 떼가 헤엄치고 달맞이꽃이 그리움에 지쳐 소리 없이 울고 있었다. 산허리를 휘감고 도는 구름과 제 곡조에 겨워 흐르는 물소리는 어린 시절의 고향으로 돌아온 듯한 푸근함에 젖게 하였다. 오랜만에 가져 본 혼자만의 산책은 자연 속의 하나임을 일깨워준 축복의 시간이었다.

여름방학과 문화체험

　방학을 하자마자 친정어머니를 오시게 하여 살림을 맡기고 평창으로 떠났다. 이번 방학만큼은 어떤 연수도 받지 않고 휴식만을 취하겠다는 소원을 이룬 셈이다. 심신의 휴양뿐만 아니라 대도시에 살면서도 쉽게 접하기 어려운 오페라 공연과 대화성당 예술제의 색다른 문화체험은 짜릿한 흥분과 감동이었다.

　8월 1일부터 10일까지 열린 '오페라와 함께 하는 문화관광 체험축제'를 보러 갔다. 연이어 쏟아지는 비 때문에 객석인 운동장은 질퍽거렸지만 탈춤, 판소리, 오페라가 한데 어우러진 환상과 낭만의 축제였다. '오페라의 대중화'를 위해 강원도 평창의 용평폐교를 오페라 학교로 단장하고 네 편의 작품이 공연되었다. '도시의 피에로', 오페라의 대명사인 '카르멘' '김유정의 봄 봄' '이효석의 메밀꽃 필 무렵'은 강원출신 작가의 작품을 오페라로 재현해 의미가 더 컸다. 식전행사로 이 지역 농민들로 구성된 '둔전 농악놀이'가 흥겹게 열리고 단장님의 인사말과 함께 해설이 있고 나서 막이 올랐다. 야외공연장에서 펼쳐지는 배우들의 열정적인 연기와 아리아는 한여름 밤을 별빛과 함께 수놓으며 장엄하게 울려 퍼졌다. 해발 700미터 지역이라 서늘한 기운에 두 팔을 감싸 안고 감동에 젖다 보면 어느새 두 시간이 금방 지나가 버린다. 열어놓은 창가로 스며드는 감자냄새, 흙냄새를 맡으며 집으로 돌아오는 길에 반딧불이 요정처럼 지나간다. 해마다 여름 축제로 열린다고 하니 내년 여름 방학이 벌써 기대된다.

오페라의 감동 못지않게 더 큰 감동을 준 문화체험은 8월 1일부터 8월 31일까지 열리는 대화성당 예술제다. 쉼터, 문화 공간, 도시와 농촌간의 문화체험과 나눔의 공간이라는 주제로 열리는 성당 축제다. 미술전, 음악회, 감자축제로 구성되어 있다.

미술전은 성당 건축을 탄생시킨 조각가 한진섭, 도예가 변승훈, 화가 김남웅 이 세 분의 작품과 원주 가톨릭 미술가협회 작가의 작품이 피정의 집에 전시되었다. 소박하지만 깊고 그윽함으로 발걸음을 멈추게 하는 작품들이다. 경건함과 함께 고개 숙여지는 감동, 나약한 인간 존재 앞에 구원의 손을 내미는 신의 은총을 느껴볼 수 있는 순간이다.

음악회는 매주 토요일 저녁 일곱 시에 열린다. 국악과 양악의 퓨전 앙상블 「세뇨」, 피아니스트 신은경의 「영상이 있는 가족음악회」 남성 무반주 다성음악 「폴리포니 앙상블」, 남성합창단 「울바

우」, 피아노 신은경, 바이올린 김희진, 장윤정의 「린 트리오」 연주회로 이어진다. 노란 우산의 음악동화를 들으면서 순진무구한 동심의 세계에 빠져 행복해 하였다. 영혼의 울림으로 천상의 세계로 끌려 들어가는 듯한 폴리포니 합창단의 성가가 잠결에 들리듯 여운을 남겨 주었다.

예술제의 하이라이트라고 할 수 있는 감자축제는 이곳 성당에서만 볼 수 있는 흥겹고 신나는 값진 체험이다. 삼굿, 메밀국수 체험, 감자 캐기, 맨손 송어잡기, 가훈 써주기, 산촌 트레킹, 봉숭아물들이기, 계곡 물놀이 등의 행사로 풍요와 흥취로 펼쳐지는 신나는 잔치였다. 삼굿은 구덩이를 파고 장작불 위에 맥반석 돌을 깐 다음 그 위에 음식들을 올리고 솔가지와 인진쑥으로 덮은 다음 흙을 다시 덮어 음식을 훈제로 쪄내는 것이라 한다. 그 과정을 지켜보는 것만으로도 모두 흥미진진한 표정과 환호성으로 축제분위기를 돋군다. 송어 백 마리, 돼지 세 마리, 감자 옥수수가 백 상자라고 하니 그 양에 또 한번 놀랄 수밖에 없다. 그 맛 또한 어떤 표현으로도 나타내기 쉽지 않은 별미 중의 별미였다. 계속해서 나오는 푸짐한 음식 앞에서 마음껏 먹고도 욕심을 부려 가져가는 사람들도 많았다. 그런 사람들을 위해 아낌없이 나누어주는 인심에 잊혀져 가던 한국인의 정서를 보는 듯 했다. 한편으론 베풂에 대한 고마움을 모르고 챙기기만 한 도시 사람들에게 나눔의 미학을 보여주었다. 내년 축제에는 농민들의 수고로움을 알고 음식 대신 산지 농산

물을 사가는 진정 나눔의 장이 되었으면 하고 바라본다.

대화 성당예술제의 문화체험이 값지고 아름다운 것은 신의 사랑을 실천하는 아름다운 분들의 정성과 희생이라고 생각한다. 낯선 이방인에게도 따뜻한 미소와 친절함으로 쉼터를 마련해 주시고 모든 것을 주관하신 신부님의 열정과 수고로움이다. 그리고 석 달 동안 행사를 위해 시간과 물질로서 봉사하신 성당 교우님들의 헌신적인 희생이 뒤따랐기 때문이다. '성전에서 핀 예술'은 오랫동안 많은 이들의 가슴에 따뜻함과 함께 아름다운 추억을 남겨 줄 것이다. 내게는 어느 방학보다 가슴을 촉촉이 적셔준 의미 있고 값진 문화체험 연수였다.

웃는 날

태풍 매미로 때문에 쓰러진 옥수수를 따고 집으로 돌아오는 길이다. 서울 상행선 마지막 휴게소인 이천 휴게소를 들러 화장실로 들어섰다. 자정이 훨씬 지난 시간이라 그런지 사람들은 거의 보이지 않고 미화원 아주머니 한 분만이 청소를 하고 계셨다. 그 순간 노란색 미소 마크가 눈에 띄었다. 양쪽에서 웃는 미소마크를 두고 '웃는 날'이라는 제목 아래 칠행시가 적혀 있었다. 처음에는 평범하다 못해 유치하게 여겨지는 글이라는 생각으로 스치듯 읽었다. 나오다 피곤함에 절어 무표정한 얼굴로 거울을 닦는 아주머니와 눈이 마주쳤다.

"수고 많으시네요. 밤늦게 힘드시지요?"

나도 모르게 미소를 머금고 인사를 건네니 멋쩍은 표정을 지으셨다.

"저쪽에서 손 말리고 가세요."

입가에 희미한 미소를 지으며 답례의 인사를 하셨다. 손을 씻는 순간 노란 스마일은 나를 보고 계속 웃고 있었다. 세상이 잠들어 있는 시간에 저렇게 환하게 웃는 웃음이 나를 반기는구나 하는 생각에 칠행시를 다시 읽었다.

　　　웃는 날
　　　월 원래 웃는 날
　　　화 화사하게 웃는 날
　　　수 수수하게 웃는 날
　　　목 목숨 걸고 웃는 날
　　　금 금방 웃고 또 웃는 날
　　　토 토실토실 웃는 날
　　　일 일 없이 웃는 날

　원래, 화사하게, 수수하게…… 입으로 중얼거리며 읽는데 나도 모르게 웃는 모습의 얼굴이 떠오르기 시작했다.

　월 첫 아이를 분만할 때 우윳빛 피부에 단발머리를 찰랑거리며 웃음을 머금고 있던 간호사.

　화 면사포를 곱게 쓴 신부.

　수 예쁜 얼굴은 아니지만 화장 곱게 하고 미소 짓는 요쿠르트 아줌마.

　목 금방이라도 지쳐 쓰러질 것 같은 모습인데도 '괜찮아' 하며 웃는 의지 강한 이.

금 굴러가는 나뭇잎을 보고 연방 까르르 웃어대는 흰 칼라의 여학생들.

토 깨물어 주고 싶도록 방싯거리던 아기 때의 아들.

일 행복했던 기억이 떠올라 입가에 혼자 미소를 머금던 어느 날의 나.

'웃는 날'이라는 칠행시 속에는 삶 속에 느끼는 행복의 순간들이 다 들어 있었다. 구심점인 나를 향하여 원심력으로 기쁨과 희망을 준 사람들의 웃음이 환한 빛으로 다가오는 듯했다. 나 역시 다른 이에게 원심력이 되어 기쁨을 주었던 순간이 있었겠지. 옥수수 따고 손질하느라 물에 젖은 솜이불처럼 피곤했던 몸이 가벼워짐을 느낀다.

이십이 년 전 부산 메리놀 종합병원의 분만실과 방금 만나고 헤어진 얼굴처럼 환한 웃음을 띤 간호사의 얼굴이 선명하게 떠오른다. 팔삭둥이 쌍둥이를 낳아 인큐베이터에 넣은 산모, 뇌 뚜껑이 없이 태어난 첫아이에 아연해하던 산모, 자간실에서 의식을 찾지 못했던 산모…… 아우성과 고통스러워하던 이들 사이에서 시종일관 웃음으로 생명의 탄생을 지켜보던 그 미소와 눈빛이 따뜻함으로 차오르며 깊은 밤의 냉기마저 가셔 준다. 임신 중에 전신 마취의 대수술과 분만 촉진제 맞고 열네 시간의 진통 끝에 겸자 분만으로 낳은 첫 아이를 얻은 감격과 함께…….

살면서 견뎌야 하는 많은 인내와 어려움 속에서 웃음은 묘약이 되기도 한다. '절망 속 희망' 이라는 고귀한 삶의 꽃이 웃음이 아닐까. 집으로 돌아오는 내내 여운이 되어 입 속을 맴도는 칠행시를 일상에서 실천한다면 좀 더 의미 있는 삶이 되지 않을까 싶다.

인생은 한 편의 연극

-동화 「오필리아의 그림자 극장」을 읽고-

오필리아 할머니!

맑고 아름다운 할머니의 영혼이 천사의 빛에 둘러싸여 아름다운 미소를 짓는 듯합니다. 책을 덮고 잔잔한 슬픔이랄까, 아니면 차오르는 기쁨 같은 감동에 젖어 한참 동안 눈을 감고 그 빛을 떠올렸습니다.

"오~필리아 할머니, 저와 이야기 좀 나눌 수 없을까요?"

"너도 주인 없는 그림자니? 슬프고 외로운 모양이구나."

소곤소곤 속삭이는 듯한 할머니의 다정한 목소리가 들려와서 불을 끄고 누웠습니다. 그림자들이 너울너울 춤을 추며 빙그레 웃기도 하고 갖은 모양으로 재미난 연극을 보여주네요. 제 추억 속의 그림자는 때로는 무섭기도 했지만 환상의 아름다움으로 남아 있답니다. 촛불의 그림자가 바람에 가볍게 일렁일 때 '후' 불을 끄는 할머니의 숨결과 함께 자장가처럼 들려오는 정다운 목소리는 유년의 행복했던 시간입니다.

'그림자와 옛날이야기'는 제게 새벽 별의 반짝임과 함께 꿈꾸는 시간을 가져다준 아늑하고 포근한 기억입니다. 촛불 아래서 때로는 아주 드문 일이지만 호롱불 아래서 형제와 함께 그림자놀이를 하며 동화 속의 주인공 목소리를 흉내 냈지요. 그때마다 오필리아 할머니처럼 아주 작은 목소리로 대사를 일러주셨던 나의 할머니는 불을 끄고 잠이 들 때까지 이야기를 들려주었답니다. 콩쥐 팥쥐 이야기에서 밤길에 호랑이 만나 죽은 체하셨다는 이야기까지 하루도 빠지지 않고요. 그때마다 웃다가 울기도 하고 무서워서 할머니 품으로 안겨들기도 했지요.

오필리아 할머니의 부모님께서도 다른 부모와 다름 없이 아주 훌륭하고 이름난 연극배우가 될 거라고 '오필리아'라는 이름을 지어 주셨나 봐요. 예나 지금이나 모든 부모님의 소망은 달처럼 환하고 밝으니까요.

'그런데 오필리아는 유명한 연극배우가 될 수 없었어요. 그러기엔 목소리가 너무 작았거든요. 하지만 오필리아는 아무리 하잘 것 없는 일이라 해도 연극과 관련된 일을 꼭 하고 싶었답니다.' 보석 같은 이 말에 가슴이 쩡하며 마음이 아파졌답니다.

어른들 말을 빌리자면 자기 분수를 알고 전력을 다하여 노력하겠다는 마음가짐의 자세지요. 어디 말처럼 쉬운 일인가요? 요즘 세상의 부모들은 자기 자식들이 능력이 없는 줄을 뻔히 알면서도 최고만을 고집하며 하고 싶은 일을 못하게 하잖아요. 마음이 멍들어 가는 아이들에게 오필리아 할머니는 작은 목소리로 희망을 가져다주었습니다. 최고는 아니지만 항상 남을 위해 베푸는 능력을 갖추고 실천하셨으니까요. 배우들은 몰랐지만 그들에게 수호신이 되어 주고 자신이 맡은 일에 늘 행복해했다니 또 다른 한 그루의 아낌없이 주는 나무처럼 느껴졌답니다.

젊고 아름다운 시절이 지나 오필리아가 할머니가 되었을 때 세상은 이미 변하였지요. 안타까운 이야기지만 일자리도 잃게 되었고요. 결혼을 하지 않았기 때문에 의지할 가족도 없으니 얼마나 외롭고 힘든 상황이었을까요. 살다 보면 장난꾼이 있어 우리를 궁지에 몰아넣기도 하듯 '그림자 장난꾼'이 할머니를 찾아왔습니다. 지난날에 대한 회한도 한마디 불평도 없이 삶에 순응하는 할머니의 마음이 '그림자 장난꾼'을 받아들였습니다. 오필리아 할머니의 삶은 우리가 살아가는 모습을 되돌아보게 합니다. 이런 때 많은 사람이 하는 행동이 떠오릅니다. 삶의 중턱을 훌쩍 넘긴 제게 삶이란? 인생이란? 화두를 다시 던져줍니다. 나이가 들수록 '무서움', '외로움', '밤 앓이', '힘없음', '덧없음'이 늘 쫓아와 함께하지요. 누구나가 다 겪어가야 하는데도 잊고 사는 우리 인간이 어리석기만

합니다. 제 불행은 커 보이지만 남의 불행은 오히려 역겨워 하는 게 우리 사람들의 모순된 심리인가 봅니다. 힘없고 살기 어려워진 할머니를 세상 사람들은 따뜻한 시선이 아닌 내침으로써 자신들의 모습을 억지로 잊고자 한 게 아닐까요?

바다에 닿아서 잠이 든 오필리아 할머니, 햇볕처럼 따뜻하고 포근하고 밝고 환했던 날들로 돌아갑니다. 수많은 대사를 일러주었던 연극을 다시 하며 사람들에게 환영도 받고 박수갈채도 받습니다. 유명한 연극인은 되지 못했지만 그림자들은 예전에 함께 했던 배우들처럼 갖가지 모습으로 연기를 해주었지요. 이런 행복이 계속 되었으면 하는 제 바람은 역시 바람으로만 끝나고 말았습니다.

'사실 이 이야기는 여기서 끝날 수도 있지만, 아직 끝난 이야기가 아니랍니다.'

이 글을 읽는 순간 가슴에서 '쿵' 소리가 났습니다. 잠시 잊고 있었거든요.

'인생은 한 편의 연극'이라는 것을요. 그리고 인간은 유한한 존재로 죽음으로 끝나야 한다는 것을요.'

혼자 나직이 되뇌어 봅니다.

"사람들은 나를 '죽음'이라 부르오."

"그런데도 나를 받아들이고 싶소?"

오필리아할머니가 말했지요.

"그래, 나한테 오려무나."

죽음까지도 담담히 받아들이는 오필리아 할머니의 말에 경건함과
엄숙함을 넘어선 아련한 슬픔이 강물처럼 흐르는 것을 느낍니다.

어린 시절 할머니가 들려주시던 이야기의 마지막 말이 떠오릅니다.

'뱁새가 황새 쫓아가면 가랑이 찢어진다. 착하게 살면 죽을 때
천사가 데려간단다.'

그 소리가 귓가에 맴돕니다.

오필리아 할머니가 천국에서 환한 미소를 짓는 이 시간 한 편의
동화가 얼마나 나를 행복한 시간으로 인도해주었는지요. 그리고
인생은 한 편의 연극인 것을, 삶은 그림자들로 둘러싸여 있음
을……. 오필리아의 그림자 극장은 제게 삶을 되돌아보게 하는
귀한 선물이었습니다.

잃어버린 동심을 찾아서 떠나는 여행

-동화 정채봉 선생님의 「물에서 나온 새를 읽고」-

잃어버린 동심을 찾아서 떠나는 여행!

문득 삶이 버겁다고 느껴지고 자신이 초라하게 보일 때 '작은 것도 아름답다.'를 외치며 감정을 추스를 때가 있다. 그럴 때마다 읽어보는 정채봉 선생님의 동화는 흙탕물의 격랑을 어느새 잔잔한 시냇물로 변하게 한다. 지금부터 삼십 년도 훨씬 넘은 중학교 시절 '샘터'를 통해 읽기 시작한 그분의 동화는 내겐 오랜 인연이 되어 가슴 속에 별처럼 살아있다.

'아름다움이 이 세상을 구원한다.'

이러한 믿음으로 이 신앙을 동심에서 찾고자 했던 그 분의 순수한 영혼이 파란 가을 하늘만큼이나 맑고 투명하게 느껴진다.

바다 빛깔을 닮은 슬픔의 빛, 그 속에서 노란빛처럼 퍼지는 '희망'이라는 속삭임을 우리에게 들려준다. 금방이라도 눈물을 뚝뚝 떨어뜨릴 것만 같은 파란 멍들의 글에서 영원히 잃어버린 것에 대한 아픔과 그리움, 향수에 젖기도 한다. 그분의 동화에서는 너무나 미미해서 존재 가치마저도 상실한 것이 이 세상에서 가장 귀한 보석의 존재로 탈바꿈한다. 눈에 보이는 것이 아닌 진실을 보는 눈을 키워준다고 할까. 하잘 것 없는 것, 아무도 눈여겨보아 주지 않는 것 그러나 이러한 것들이 있음으로해써 이 세상이 움직여지고 존재하고 있음을 알 수 있다.

살아가면서 소중한 존재는 누구인가를 생각하게 해주는 '제비꽃', '비단고둥의 슬픔', '비눗방울 하나', '별 담은 바구니', '숨 쉬는 돌', '아름다운 풀'의 글에서 사람들은 제마다 제 몫의 가치를 가지고 존재한다는 것을 일깨워준다. 자신을 사랑할 줄 아는 자만이 남을 사랑할 자격이 있음을 그리고 기쁨으로 살아 갈 수 있음을 알려준다. 내게 상처를 준 자일지라도 내게 다시 돌아오면 기쁨으로 맞을 수 있는 마음이 얼마나 귀한 것임을 새삼 느끼게 한다. 아픔 뒤에 성숙해진 자신을 바라보며 가져보는 사색의 시간을 이 책은 넘치도록 제공하고 있다.

'물에서 나온 새'에서는 동심이 아니면 보이지도 찾을 수도 없다는 점을 넌지시 일러준다. 어른의 양심을 어린이의 마음에서 치유하고자 했던 '어떤 갠 날'에서 삶의 비정함에 동심은 따뜻함으로 온기를 가져다준다.

한 폭의 수채화처럼 오래오래 기억되는 호수 속에 비친 세 사람의 모습인 '노을'은 슬픔이 빚어낸 절제된 아름다움에 빠져들게 한다. '얼음이 주저앉은 밤' 잔잔한 슬픔 속에 눈송이처럼 녹아나는 감동은 '종이비행기', '코스모스', '꽃다발', '종이꽃에 향기 들던 날'로 이어져 '가족의 소중함'과 함께 작가의 아픔을 보는 것 같아 연민과 측은지심을 불러 일으켰다.

'어린 새', '어린 귀뚜라미의 노래', '먼동 속에서'에서는 욕심이나 세상의 잣대를 떠나야만 원하는 것을 이루게 된다는 다소 교훈적인 글을 물 흐르듯 엮어 나가고 있다. '지평선의 꿈'에서는 치기 어린 사춘기의 모습을 그려보며 미소를 머금기도 하였다.

순수한 동심의 세계를 그린 '천사들의 합창', '무지개', 그 외 '멍멍이 왈츠', '첫 눈 오시는 날'과 '나무를 때린 아저씨', '메리 크리스마스' 역시 이 세상을 동심으로 깨끗하게 청소하고 싶다는 염원이 담겨 있었다.

작품 한 편 한 편마다 스며 있는 동심! 그리고 철학적이고 사색적인 언어들이 이 동화책의 뼈대가 되어 아름답고 진솔한 이야기를 펼치고 있다. 책을 덮고도 오래오래 가슴에 남아 울림이 되는 글이 정채봉 선생님의 동화가 아닌가 싶다. 아울러 이러한 동화가 있기에 어려운 삶 속에서도 작은 기쁨과 희망을 품게 되리라.

"네가 품은 좋은 뜻이 누구한테로 가서 좀 더 퍼질 수 있다면 너도 누구보다 아름다운 꽃이 될 수 있어."

"캄캄한 어둠을 뚫으려면 좀 더 푸른 것이어야 해."

"아직은 끝이 아니야. 더 멀리 가야 해. 푸름이 끝없는 거기에
희망이 있어."

자기 살던 좋은 데서 살면 되지
남 따라서 다닐 일은 못 된다.
행복은 멀리 복잡한 데만 있지 않고
가까이 조용한 곳에도 있다.
자기의 지금 그 자리에서
만족하게 살면 그것이 행복이다.

"너도 어른이 되면 알게 될 거다. 사람들이란 누구나 뽑히지
않는 나무 밑동 같은 아픔을 갖고 있단다. 그래, 그 아픔을 느낄
때마다 나무뿌리를 때리듯이 제 가슴을 치면서 살아가는 거란다.

살아오면서 상처받았던 시간이 나무 밑동 같은 아픔으로 살아나
고 속삭이듯 들려주는 글에서 잠시나마 마음의 위안을 받는다.

출근길

　음악도 한 편의 시가 된다는 가을이다. 해마다 가을을 심하게 앓는 나에게는 음악뿐만 아니라 보이는 것 모두가 가슴을 울려 시심으로 물들게 한다. 결실과 풍요가 주는 감사함과 함께 사라지고 텅 빈 것에 대한 그리움으로 고독한 영혼의 방랑자가 되기도 한다.

　쫓기는 시간에 마음만이 바쁜 출근길이다. 급하게 차를 몰고 아파트 단지를 빠져나오니 화려한 단풍잎으로 가을을 장식한 공원 숲이 반기듯 나타난다. 여유 없는 마음과는 달리 시선은 온통 단풍 숲으로 향한다. 가을이 가져다주는 낭만과 운치, 나아가 사색의 여유로움까지 만끽할 수 있는 순간이다. 노란 은행잎에서부터 자줏빛에 가까운 상수리나무, 선홍색을 띤 단풍잎에 이르기까지 빛깔은 다르나 어우러져 아름답기만 하다. 가벼운 탄성이 저절로 나온다. 공원 숲을 찾은 사람들의 옷차림마저 숲의 일부분이 되어 또 다른 단풍잎이 된다. 우리네의 삶! 개성과 살아가는 방식이 달라도 각기 제 삶을 열심히 살 때 단풍잎같이 아름다운 삶으로 보이리라. 나아가 서로 이해하고 아픔까지도 보듬어주고 산다면 의미 있는 가을이 될 것 같다.

가벼운 바람에 단풍잎 하나가 나풀거리며 지상으로 하강하고 있다. 한 잎, 두 잎 떨어지다 낙엽이 되고 언젠가는 흙이 되겠지……. 며칠 전 단풍나무 아래서 가졌던 처연한 기분이 되살아났다. 멀리서 바라보는 단풍은 아름답지만 가까이 다가가 보면 우리 인생과 닮았다는 생각으로 오랜 시간 상념에 사로잡혔던 기억이다. 여리고 보드라운 새 잎으로 피어나서 하늘을 향하던 푸름은 간데없고 땅을 향하여 축 늘어져 있었다. 잎들은 노인 얼굴의 검버섯처럼 군데군데 검은 점과 색깔의 농도를 달리한 채 물들어 있었다. 햇살 고운 날의 빛나던 꿈과 비바람에 생채기 나던 날의 영광과 아픔을 간직한 채 마지막 열정을 쏟아내는 듯한 비장함이 느껴졌다. 우리의 삶이 희로애락과 더불어 살다 죽음 앞에서 회한과 추억으로 가슴을 쓸어내리듯 언제 떨어질지 모르는 그 순간을 향해 단풍은 속 울음을 삼키는 게 아닐까.

길게 꼬리를 물며 이어지는 자동차의 행렬도 의식 속에서 사라지고 한강변 갈대가 분별없는 감성을 지닌 내 모습이 되어 간간이 눈에 뛴다. 주체 못하는 감정 때문에 방황하는 자신이 때로는 바보스러워 보여도 그게 나 자신이기에 더 사랑하게 되듯이 갈대를 바라보는 마음 또한 애잔하다. 고개를 돌리니 청자 빛으로 물든 하늘이 다가온다. 구름 한 점 없는 맑은 날, 손으로 짜면 금방이라도 뚝뚝 떨어질 것만 같아 눈물이 난다. 이대로 달려 추수가 끝난 빈 들녘을 바라보고 싶다. 잃어버린 유년의 기억과 잊힌 얼굴들을 그리워하며 잠시나마 향수에 젖고 싶다는 간절함이 인다. 지각을 앞둔 시점에서 이런 생각을 한다는 게 한심스럽기도 하다.

초등학교 시절 황금 들판 허수아비, 메뚜기 잡기, 땅거미가 깔릴 때까지 가방 던져두고 뜀틀 놀이하던 볏짚, 고구마 이삭줍기…… 산 아래 마을에서 피어오르던 저녁연기, 노을빛의 황홀감과 일몰의 장엄함은 그리움이 되어 가을을 앓게 한다.

우뚝 솟은 인왕산이 가까이 다가오고 어느덧 영동대교가 보인다. 오늘따라 소리 없이 흐르는 강물도 하늘빛을 닮아 유난히 파랗다. 그저 소리 없이 흘러만 가고 있다. 이 순간 나도 하늘이 되고 강물이 되어 무한정 흘러가고 싶다.

'무엇 때문에 이토록 허허로워하고 아리도록 고통스러워하는 것일까!'

부질없는 생각들을 훌훌 털고 순간만이라도 자유로운 영혼이 되어 일상에서 벗어나고 싶은 걸까. 그 작은 염원조차 부질없음을 느낀다.

금방이라도 쓰러질 것만 같은 코스모스가 바람에 하늘거리며 고운 자태를 보여준다. 청순함과 나약함이 아름다운 소녀의 수줍음 같다. 내게도 코스모스를 닮았던 순간이 있었을까? 반대편 한강 변 잔디밭에 들국화라 불리는 연보랏빛 구절초가 미소 짓고 있다. 기품 있는 국화나 빛깔 고운 코스모스가 아니면 어떠랴. 누가 알아주든 알아주지 않든 한 계절 자기 나름대로의 아름다움을 간직한 채 피어 있는 들국화가 오랜 지기같이 반갑기만 하다.

이 가을에는 사랑해야겠다. 먼 길을 함께 달려온 생의 동반자와 버려도 버려지지 않고 채워도 채워지지 않는 소중한 인연들에 정성을 쏟고 사랑을 나누리라. 환한 웃음, 낯모르는 이에게 던지는 미소, 아들을 위한 기도를 떠올리자 조금씩 허전함이 채워지며 마음이 밝아진다.

자동차는 어느새 영동대교를 지나고 바쁘고 분주한 사람으로 붐비는 거리 한복판에 들어섰다. 시계를 들여다보고 속력을 높이는데 빨강신호등이 원망스럽게 켜진다.

토지 문학관과 봉평

　이천일 년 여름방학, 원주에 있는 박경리 '토지 문학관'과 '토지 공원'을 갔다. 유난히 맑고 화창한 날씨는 알 수 없는 기대감으로 가벼운 흥분을 불러 일으켰다.

　토지 문학관은 이 층으로 된 현대식 건물로 사방이 숲으로 둘러싸여 하나의 거대한 성처럼 보였다. 들어가지 못하고 바깥 모습만 본 것이 아쉬웠다. 그러나 한국문학사에 거대한 획을 그은 작가의 예술혼이 두고두고 후손들에게까지 학문과 예술의 요람으로 대물림된다고 생각하니 건물 기둥 하나하나가 소중하게 느껴졌다. 나아가 후배작가들 창작의 산실로 쓰일 역사의 장이라 그런지 위대한 상징물로 보였다.

　주위의 풍광 역시 시심을 불러일으킬 만하였다. 하늘은 뭉게구름으로 아름답게 수놓아져 있어 바라보는 순간 헤르만 헤세의 '구름'이라는 시가 떠올랐다. 사춘기 소녀였을 때부터 기분이 울적하거나 허전할 때마다 나직이 외우던 시였다. 구름처럼 무작정 떠나고 싶은 방황의 시기에 구름은 마음의 벗이었다. 웃으며 다가오는 구름이 오랜만에 만난 친구처럼 정겨웠다. 겹겹이 둘러싼 산들이며 온통 푸름으로 갈아입은 들녘에는 곱게 치장한 연분홍 참깨 꽃이 수줍은 듯 고개를 내밀었다. 청색과 홍색의 고추들이 가지에 조롱조롱 매달려 익어가는 모습이 우리네 삶의 모습처럼 느껴졌다. 때로는 정겹게 때로는 아웅다웅 다투며 그 속에서 세월과 함께 나이를 먹어가는……. 키 큰 옥수수는 울타리가 되어 팔뚝의 근육처럼 탐스러운 근육을 자랑하였다. 가녀린 코스모스는 애처로울 만치 꺾일 듯 바람에 흔들렸다. 사람처럼 속삭이는 그들의 대화에 귀 기울이다 고개 들어 바라보니 저 멀리 물안개가 피어오르고 있었다. 귀족 같은 백로 한 마리가 하늘을 향해 나는 모습은 애처로움과 그리움으로 마음을 적시기 시작했다. 가슴 가득 고여 오는 슬픔과 함께 이루어질 수 없는 인연의 아픔은 날개 접은 백로의 외로움에 그 넋을 실은 걸까.

　토지공원은 '토지'에 나오는 작품배경을 꾸며놓은 곳이다. 박경리 작가가 4부부터 완결판까지 17년간이나 집필지였던 집을 중심으로 3,000평의 대지로 조성되었다. 용이 동산에서는 착하디 착한 월선의 애절한 사랑에 마음이 아파왔다. 무당의 딸로 태어나 서럽고 서러운 삶을 살아간 월선이가 불쌍해 책을 덮고 가슴을 쓸어내리던 기억이 되살아났다. 이루지 못한 사랑은 한이 되어 가슴에 쌓인다

든가. 별당 아씨가 거처했다는 별당 앞에서는 마지막 산속에서 죽어가던 꽃잎 같은 그녀의 애처로운 모습과 사랑의 비극이 가슴을 저몄다. 천륜을 어긴 불륜의 사랑인데도 감히 욕할 수 없는 그들의 사랑……. 구천이의 넋은 아직도 별당아씨를 부르며 아직도 구천을 헤매고 있지는 않은지. 봉숭아 꽃잎처럼 선명하게 물들이고 간 봉선이의 넋이 저 꽃 속에 숨어 있을까? 길상이와 서늘한 눈매의 서희가 질곡의 역사 앞에서 당당하게 서 있는 듯하였다. 용정, 용두레 한 많은 우리의 역사가 고스란히 담겨있는 이름 앞에 위대한 작가의 작품은 찬란한 빛을 발하고 있었다. 이곳이 작품에 나오는 섬진강변이라면 더 의미가 크지 않을까? 한 편 아쉬움도 있었다. 평사리 사람들을 생각으로 만나고 있을 때 한여름의 정취는 돌담과 함께 잘 어우러진 꽃들의 향연과 매미 울음소리로 가득 차 있었다.

젖은 마음을 알기나 하듯 봉평으로 향하는 차창 밖으로 가는 비가 뿌리기 시작하였다. 빗줄기는 점점 거세지고 천둥번개까지 동반하더니 급기야 통곡이라도 하듯이 빗소리가 크게 들렸다. 다행히 도착 무렵 비는 가늘어졌고 무덥던 날씨는 두 팔을 감싸 안을 정도로 서늘하였다. 자연도 이렇게 순식간에 바뀌는데 내 마음을 나같이 알아주기를 바라며 안타까워하고 애타한다는 사실이 어리석게 여겨졌다. 여행이란 이렇듯 순간순간 많은 것을 되돌아보게 하는 힘을 가졌나 보다.

한 편의 아름다운 시를 읽는 기분으로 빠져들었던 '메밀꽃 필 무렵'의 작가 이효석의 생가를 둘러본다는 들뜬 마음은 서글픔으로 바뀌었다. 흉상이 새겨진 기념비 하나만이 생색을 낼 뿐 토지문학관과는 비교되지 않을 만큼 초라하고 허술했다. 백설을 뿌려놓은 듯 메밀꽃이 무성할 줄 알았는데 메밀꽃은 한 귀퉁이에 보일 듯 말 듯 피어있고 너른 앞마당은 황토밭 벌거숭이였다. 헛간처럼 낡은 사랑채에는 거미줄만 초라하게 붙어있고 초가집을 슬레이트 지붕으로 바꾼 본채에는 후손이 아닌 다른 사람이 살고 있었다. 더 가관인 것은 그 옆에 근사하게 황토집을 지어 음식점을 하고 있었다. 배가 고파 그곳에서 점심으로 메밀국수를 사먹기는 하였지만 한 작가의 생가를 사랑한다는 입장에서는 서글픔과 안타까움뿐이었다. 그곳에서 얼마 떨어지지 않은, 주인공이 사랑을 나누었다는 물방앗간은 정성의 손길이 조금 담겨 있었다. 들어서는 길 입구 옆으로 메밀꽃을 심어 단장이 되어 있었고 우뚝 솟은 시비는 작가의 작품성과 가치를 인정하는 것 같아 서운함이 좀 사라졌다. 동서고금을 막론하고 물방앗간의 사랑은 희극과 비극이 공존하는 곳이 아닌가 싶다. 소설과 시, 노래로 불리는 물방앗간의 사랑은 얼마나 낭만적인지 한 번쯤 그런 사랑을 꿈꾸어 보는 것도 괜찮겠지. 혼잣말로 되뇌다 누가 눈치 채지나 않았는지 둘러보며 낯을 붉혔다.

비록 짧은 여행이었지만 또 다른 나와 자유스러운 감정으로 만날 수 있었던 의미 있는 시간이었다.

3

흐르는 강물에
추억을 묻다

하루 열두 시간 일을 해서 너무 힘들다고 하였지. 그래서 숙제를
못해왔다고 멋쩍은 듯 머리를 긁적이고 ……. 용접 일을 해서 항상 눈이
충혈되어 있던 그를 걱정해 주던 일, 손가락을 다쳐 붕대를 감고 와서
마음이 아팠던 일…….

나나 무스꾸리를 만나다

'나나 무스꾸리 첫 내한 공연'

신문에 난 기사를 읽는 순간 난 흥분하기 시작했다. 승용차 안에 테이프를 꽂아놓고 출근길이나 여행길에 항상 듣던 그녀의 노래를 직접 들을 기회가 온 것이다.

'나나 무스꾸리의 생애 처음이자 마지막 한국 공연'

'이 공연을 함께할 수 있다는 것만으로도 감동됩니다.'

가슴을 설레게 하는 기사다. 그녀의 주옥같은 목소리, 영혼의 멜로디가 가슴을 울린다는 선전 문구가 아니라도 오랫동안 흠모하던 이이기에 어떤 일이 있어도 공연을 보리라 마음먹었다. 상징인 생머리와 검은 뿔테안경의 지적인 모습, 장르를 넘나드는 크로스오버 아티스트 등 모든 것이 내게는 매력 그 자체다.

올해 일흔인 그녀는 1959년 데뷔한 이래, 감미로운 목소리와 아름다운 선율로 전 세계 남녀노소를 초월해 사랑을 받아온 팝

아티스트다. 450장이 넘는 발매 앨범 중 300여 장 이상의 앨범을 골든 앨범과 플래티넘 앨범에 등극시킨 세기적 가수다. 무엇보다 그리스 출신으로 그리스 사람의 정서를 세계에 소개하기 위해 그리스 음악만으로 구성된 음반을 기획하고 1967년 '내 조국의 노래'라는 음반을 팔 만큼 조국 그리스를 사랑하는 애국자이다. 우리에게 잘 알려진 '하얀 손수건'이 그 대표적 음악이다.

10월 9일 공연 한 달을 앞두고 예매를 했다. 지금까지 본 공연 중에서 가장 거금을 냈지만 비싸다거나 아깝다는 생각은 전혀 들지 않았다. '사랑의 기쁨', '어메이징 그레이스', '히브리 노예들의 합창' 등 수많은 히트곡으로 그리스 국민 가수에서 세계 전역의 음악 애호가에게 감동을 선사했던 가수다.

"그리스까지 가서 공연을 보면 돈이 얼마나 드는데 그것에 비하면 싼 거지."

주위 사람에게 호들갑을 떨며 그녀 이야기에 열을 올렸다. 별로 관심 없어 하는 분위기라 머쓱해지기도 했지만 아무튼 기대를 잔뜩 가지고 공연 날짜를 기다렸다.

드디어 기다리던 그날 올림픽 공원에 있는 공연장으로 향했다. 여유를 가지고 출발하지도 못했는데 주차장이 만원이라 들어갈 수가 없단다. 난감함에 애꿎은 경비한테 언성을 높이지만 공연 시간은 다가오고 대책이 없다. 앞서가던 차가 길가에 주차하는 걸 따라 하기로 하고 빈자리를 찾으니 저만치 차 한 대가 들어갈 만한 공간이 보였다. 운전 경력 십 년이 넘었건만 좁은 곳 비집고 주차하는 건 초보 수준을 그대로 유지하는 탓에 들어갔다 나갔다, 뒤로 움직였다 앞으로 갔다를 수십 번 한 후에야 겨우 주차했다.

'진작 출발할걸.'

때늦은 후회를 하면 뭐하랴. 남이 보건 말건 공연장을 향하여 달리기 시작했다. 숨이 턱에 닿도록 달려가니 이미 입장은 시작되었고 다행스레 공연 시간이 오 분 정도 남았다. 숨을 돌리고 좌석을 찾아 앉았는데 이십 분이 지나도 시작하지 않는다. 안내자가 나와 주차를 못 해서 도착하지 못한 분이 많아 양해를 해달라며 8일 날 했던 공연에 대한 말을 전한다. 공연 도중 사람들이 사진을 찍자 그 자리서 그냥 되돌아가겠다고 할 정도로 성미가 까다로운 분이니까 절대 사진을 찍지 말라는 부탁 말과 함께 일흔 살 할머니로서 감미로운 목소리를 기대하는 것은 금물이란다. 향수에 젖어보는 시간으로 만족하라는 말도 곁들인다. 주위를 둘러보니 대부분이 나이가 지긋한 중년 부부이거나 노모를 모시고 온 가족이다.

그녀의 프로필과 사십 육년간의 공연 사진들이 화면에 소개되기 시작했다. 청순한 이십대에서 가장 최근의 공연까지 그녀의 음악 인생 전반이 파노라마처럼 펼쳐졌다. 화려함과 명성들 속에서 환하게 손을 흔드는 모습이 경이로웠다.

빨간 롱드레스에 검은 무늬가 박힌 옷을 입고 생머리에 검은 뿔테 안경을 낀 그녀가 나타나자 박수소리가 터져 나왔다. 'I'll remember You'를 시작으로 귀에 익은 노래를 부르기 시작했다. 안내자의 말처럼 감미롭고 가슴을 녹여내는 목소리는 아니었지만 영혼 깊은 곳에서 울려 나오는 듯한 테크닉과 열정으로 노래하는 모습만으로도 감동 그 자체였다. 간간이 영어로 음악에 대한 설명을 곁들이기도 하고, 고음으로 힘이 부칠 땐 멤버인 젊은 기타리스터가 달려와 큰 소리로 함께 불러주며 이끌어갔다. 특이한 점은 반주자인 보컬 주자들이 하나같이 심취한 듯한 표정과 열정으로 함께 노래를 불러 분위기를 고조시켜 주었다. 때로는 무스꾸리가, 때로는 하얀 금발의 나이 든 건반 연주자가 손을 위로 쳐들고 관객에게 손뼉을 치며 함께 노래하기를 이끌었다. 어느 덧 축제 분위기가 무르익고 여기저기서 작은 소리로 따라 부르는 이도 있었다.

2부 순서 전에 특별출연한 카운터 테너 팝페라 가수'인 정세훈의 다섯 곡에 숨죽여 듣던 관객의 감동은 한국인의 자부심을 가진 힘찬 박수였다. 테너보다 높은 음역의 소리를 내는 게 '크로스 오버 테너'란다. 지난번 KBS 음악회서 들어본 적이 있는 내겐 생소하지 않았지만 처음으로 들어 본 사람은 놀라움으로 가득 찬 표정을 짓고 있었다.

검은 옷에 흰무늬가 박힌 드레스를 입고 힘이 넘치는 모습으로 나타난 무스꾸리를 향한 박수가 한참 지속된 후 그녀의 노래가 시작되었다. 주로 영화, CF, 드라마에 삽입되었던 곡과 경쾌한 곡들로 이루어졌다. 캐스터네츠를 흔들며 춤까지 곁들인 그녀는 연주자들을 한 명 한 명 불러내어 함께 열광적으로 노래를 불렀다. 무엇보다 감동적이었던 것은 그녀가 한글로 적어온 악보를 들고 한국말로 '하얀 손수건'을 부른 순간이다. 한글날 한국말로 불러준 노래이니 감격스러울 수밖에 없다. 공연이 끝나자 기립 박수가 쏟아지고 그칠 줄 모르는 박수와 앙코르 소리에 다시 두 곡을 부른 후 손을 흔들며 그녀가 무대 뒤로 사라지고 나서도 박수는 한참 동안 이어졌다.

무스꾸리의 노래를 테이프로 들으며 집으로 돌아오는 길은 그녀의 모습과 함께 세 시간의 감동이 고스란히 되살아나 행복했다.

노숙자

'돈 추문 속 가슴 아픈 우리의 연말 풍경 노숙자 연 400명 서울서
죽어간다'

이 글은 2001년 12월 22일자 한국일보 1면 톱기사의 제목으로,
임시 회의로 교장실에 들어서자마자 내 눈에 띈 신문 기사 내용이
다. 갑자기 가슴에 통증이 일면서 넉 달 동안 매주 목요일마다
마주치던 얼굴들이 되살아났다. 눈에 생기라고는 전혀 없고 술에
취한 듯 비틀거리는 걸음걸이, 세상 다 산 듯한 절망감이 느껴지던
노숙자라는 이름이 붙여진 그들이다.

구월부터 십이월까지 중국어 초급과정을 수강하려고 시민대학
을 다녔다. 수강일은 매주 화요일과 목요일로 을지로 3가와 을지
로 입구를 연결하는 지하보도를 지나게 된다. 그 길은 족히 칠팔
분 정도 걸리는 매우 길다고 느껴지는 길이다. 긴 기둥을 가운데
두고 반대쪽에서 오는 사람의 모습은 잘 볼 수 없어서 긴장 되는

길이기도 하다. 거기에다가 지나가는 사람이 그다지 많지 않은 데다가 가끔 이상한 소리를 내며 불쑥불쑥 나타나는 노숙자들 때문에 깜짝 놀라기도 하는 곳이다.

구월 어느 목요일 밤이다. 을지로 입구를 지나 을지로 3가 지하보도로 들어서는데 찬송가가 크게 들렸다. 몇 년째 교회를 나가지 않는 나에게 찬송가는 알 수 없는 슬픔으로 다가오고 그 소리를 따라 발걸음을 빠르게 옮겼다. 중간쯤 왔을 때였다. 기둥 오른편에 마주 보고 쭈그려 앉은 각양각색의 수많은 사람들이 보였다. 그들은 가운데 임시 마련된 전자 오르간에 맞춰 복음송을 부르는 한 여자 성도님을 따라 찬송가를 부르고 있었다. 눈을 지그시 감고 듣는 사람, 열심히 따라 부르는 사람, 다리 사이로 얼굴을 파묻은 채 잠자는 사람 등 표정만큼이나 모양새도 다양하다. 공통점을 찾으라고 한다면 희망이 보이지 않는 무덤덤한 표정이나 절망감이 느껴지는 생기 없는 눈빛이다.

왼편에는 띠를 두른 교인들이 한 줄로 쭉 늘어서서 찬송을 부르고 있었다. 선교 단체에서 그들의 자활의지를 도우려고 매주 목요일마다 임시 예배당을 만들어 예배를 보는 것임을 한눈에 알 수 있었다.

'베푸는 자와 베풂을 받는 자' 그들은 다 누구인가? 그들을 바라보며 지나치는 나는 누구인가? 신은 공평하다고 말할 수 있는 것일까?

갑자기 찬송이 귀에 거슬리기 시작하면서 도망치듯 빠른 걸음으로 지나왔다. 그때 갸름한 얼굴에 말쑥한 옷차림을 한 사십대 중반 아니면 오십대 초반으로 보이는 여자 한 명이 나와 눈이 마주쳤다. 애써 외면하는 그 여자를 향해 나도 모르게 자꾸만 시선이 갔다. 원망도 미움도 희망도 느껴지지 않는 무표정이 왜 그리 처연해 보이든지 집으로 돌아오는 내내 마음이 울적했다.

노숙자 대부분이 남자인데 그 중에 여자는 너댓 명 섞여 있었다. 그 여자 중에서 유난히 체격이 왜소하고 연약해 보이던 그녀에 대해 알 수 없는 궁금증과 함께 작은 분노가 일었다.

'부모 밑에서 사랑을 받고 자란 어린 시절이 있었겠지?'

'젊은 시절 꿈도 있었을 테고 한 때는 열정적인 사랑을 했을지도 모르지.'

'남편과 자식은 있는 걸까? 아니면 헤어진 걸까?'

'파출부라도 해서 살지.'

'저렇게 되고 싶어서 저렇게 되었을까?

인간의 삶에 대한 회의를 느끼며 무거운 마음으로 집을 향했다. 그런데 집이 가까워지자 "휴!" 하는 안도의 숨이 나왔을 그 순간 행복하다는 생각이 들면서 기다리는 가족이 왜 그리 소중하게 느껴지든지……. 한 편으로는 남의 불행이 내 행복이 될 수 있다는 아이러니에 착잡하기도 했다.

매주 목요일 그 곳을 지날 때마다 복잡 미묘한 감정에 사로잡히며 기도하는 마음이 되곤 한다.

'저 사람들이 하루빨리 이곳에서 벗어나 가족과 다시 만나고 삶다운 삶을 살아갈 수 있기를⋯⋯.'

빠져나오듯 외면하고 지나오다가도 항상 그녀가 있나 없나를 곁눈으로 확인하는 마음은 무슨 심정일까? 나약한 여자이기에 무슨 일이 일어나지 않을까 하는 염려가 내 마음속에 있었던 것 같다. 그 자리에 앉아서 예배를 보는 것을 보면 마음이 놓였다. 어쩌다 한 번 보이지 않은 날은 그 다음 목요일까지 불안한 마음이 들기도 하고 가정으로 돌아갔으면 참 다행이다 싶은 안도감을 가져보기도 했다.

그녀를 마지막 본 것이 을지로 3가 지하계단이다. 체격이 큰 여자와 함께 계단 아래에 쭈그리고 앉아 있는 것을 보며 '얼마나 추울까?' 라는 생각만 했을 뿐 이야기라도 한 번 나누려고 생각하지는 않았다. 남의 불행에 동정은 하면서도 선뜻 도움을 줄 생각을 못하는 나약한 이기심이 부끄러웠다.

나의 티끌만 한 불행은 한없이 큰 것인 양 여기고, 남의 큰 불행은 작은 티끌만큼도 관심을 두지 않는 무관심도 죄가 아닐까? 그들의 아픔이 오늘만이라도 우리 모두의 아픔이 되어 위로가 된다면 좋으련만⋯⋯.

노숙자라는 어휘가 사라지고 그녀에게 더는 불행한 일이 없기를 바라는 마음이 아픔으로 다가온다. 감사할 줄 모르고 살아온 어리석음이 오늘따라 왜 이리 부끄럽고 초라해 보이는지 모르겠다.

단풍잎의 추억

　아침 출근길에 지각할까 봐 조바심을 내는 발걸음과는 달리 마음은 도로변에 늘어선 단풍잎을 향한다. 벚꽃의 거리라고 불리는 육영재단 앞을 지나는데, 바람에 나부끼다 살포시 내려앉은 노란 단풍잎을 보는 순간 나도 모르게 가벼운 탄성을 터뜨렸다. 앙증맞은 모습이 어린 시절 그 맑고 투명했던 크레용의 노랑빛깔을 띠는 게 아닌가. 귀한 보물이라도 발견한 양 한참을 들여다보다 집어 들었다. 그리고는 몇 발자국을 걷다 수첩을 꺼내 갈피에 소중하게 넣었다.

　그 순간 가슴이 찔리듯 나의 시선을 끄는 빨간 단풍나무가 걸음을 멈추게 한다. 혹 치미는 뜨거움과 함께 가슴속에 오래 간직되어 온 편지 속의 단풍잎이 너울너울 춤을 춘다. 이십오 년의 세월을 훌쩍 넘어 그날의 열정처럼…….

　'아씨, 설악산의 첫 단풍잎에 내 마음을 실어 보내오. 주말이면

늘 혼자서 등산을 한다오.'

편지 속에 설악산의 고운 단풍잎을 보내준 그는 초등학교, 중학교 동창이다. 고등학교 시절에 다시 만나 오랜 우정을 나누다가 한 때 연인이기도 했던 사이다. 또한 '아씨'는 고등학교 시절 그의 대학노트 한 권 분량의 일기장에 '아씨'로 지칭된 나의 호칭이다. 자기감정을 잘 드러내지 않고 혼자서 끙끙 앓던 그가 처음으로 한 일은 나에 대한 일기를 쓰는 일이었다. 하굣 길에 버스 정류장에서 기다리다 나를 보자마자 도망치듯 사라지던 일을 시작으로 그와의 만남은 오랫동안 지속하였다.

봄기운이 완연한 날, 아지랑이가 졸음처럼 피어오르던 기찻길 옆 논두렁에 핀 자운영 꽃을 바라보며 꾸던 꿈은 어디에 흩뿌려져 있을까. 파란 하늘과 초록 풀밭에서 행운을 바라며 찾던 네 잎 클로버, 의미도 제대로 파악하지 못하면서 서로 질세라 읽었던 그 많은 소설책과 철학책의 언어들이 현기증처럼 너울거린다.

초여름을 알리는 개구리의 울음소리와 함께 쏟아지는 별빛을 벗 삼아 인생이 무엇인가 많이도 고뇌하였다. 가을날, 흐르는 물 위에 잎이 떨어지는 모습에 눈길을 준 채 나누던 침묵의 대화들은 깊은 우물이 되어 심연 속에 자리 잡고 있다. 달빛에 어리는 겨울 바다의 불빛과 파도소리에 섞여 바람처럼 스쳐 지나가던 자작시를 읊던 목소리까지 들려온다. 무엇이 그토록 우리를 진지하고 침울하게 하였는지 아스라한 기억 속에서 한 점 불빛처럼 피어올랐다 사라진다.

 그와 나는 마음이 통하는 친구로, 때로는 고민을 들어주는 상담자로서 잘 어울리던 사이다. 뜻이 맞는 사람끼리는 시간과 정이 정비례 관계라던가. 흐르는 시간과 함께 만나면 헤어지기 싫어 통행금지 시간 직전까지 다리가 아프도록 걸었던 때는 이미 우정이 아닌 연정이 싹트고 있었다. 그 무렵 그는 은행 취직과 동시에 속초로 발령받아 떠나고 그 빈자리는 늘 허전했다.

 이별은 항상 그리움을 배가시킨다고 하였다. 시외전화로 들려오는 "잘 지내니?"

 한마디 말에서도 그의 마음을 읽으려고 불면의 밤을 보내기가 부지기수였다. 망망대해의 동해를 바라보며 나를 생각한다는 편지를 받으면 가보지도 못한 동해바다를 함께 거니는 꿈을 꾸기도 하였다. 주말이면 자전거로 강릉경포대, 낙산사 등을 찾아다니며 보내준 엽서의 글들을 외우다시피 읽고 또 읽으며 지냈다. 언젠가는 함께 그곳에 가보리라 마음도 먹었지만 다른 사람과의 인연이 맺어지고 나서 가보았으니 삶은 아이러니라고 할 수밖에…….

 달이 밝으면 다리가 아프도록 거리를 헤맨다는 사연에는 가슴이 저렸고, 호반의 수면에 비친 내 모습이라는 글에서는 한 편의 동화를 읽는 듯한 착각을 하기도 하였다. 새벽녘에 기도하는 심정으로 베껴 보낸 시의 구절들이 입가에서 맴돌기도 한다. 나를 만나려고 몇 번이고 기차를 갈아타고 새벽같이 달려오던 그 정성이 귀한

물소리, 바람 소리, 산새 소리와 어울려 멋진 협주곡이 되어 들려온다. 소품처럼 그려지는 풍경 앞에서 단발머리 팔랑거리며 소꿉놀이를 하던 철없는 소녀들의 해맑은 미소와 하늘가를 맴돌아 메아리 되어 돌아오던 웃음소리가 그립다. 양지 바른 산등성이 무덤가엔 할미꽃 한 송이가 슬픈 전설의 이야기를 들려준다. 무덤 속에 잠들어 계신 보고픈 나의 할머니의 목소리가 나직나직 꿈결로 인도한다. 하늘 한 번 바라보고서 후 산 아래 대나무 숲 작은 오솔길을 따라 내려오면 멱 감던 아이들의 경쾌한 함성도 귓전을 두드린다.

꽃잎 되어 흘러갔던 붉은색 꽃 고무신이 발 동동거리던 안타까움 속에 되살아난다. 생일선물로 받았던 꽃고무신을 밤새 품에 안고 자다 자랑하고 싶어 아침 일찍 학교에 갔다. 공부하다가도 신을 내려다보고 다른 아이들이 부러운 듯 바라보지나 않는지 힐끗거리며 마음이 붕붕 뜨던 그날이 선명한 아픔으로 가슴을 저민다.

신작로를 마다하고 들판을 가로질러 오는 길엔 큰 연못이 있고 초록 빛 들녘을 사이에 두고 도랑물이 흐르고 있었다. 도랑물 여울엔 언제나 하얀 찔레꽃이 향기를 뿜으며 발걸음을 잡아당겼다. 향기에 취해 꽃잎을 물 위에 날리다보면 허기짐에 여리디여린 가지 순을 따서 입속으로 베어 물었다. 쌉싸래하고 달콤함으로 혀끝에 감도는 그 맛은 첫사랑에나 비유할까! 향기와 맛에 취하면 곡예 하듯 떼 지어 움직이는 송사리와 버들치를 잡으려고 책가방을 풀밭에 집어던졌다. 누가 먼저랄 것도 없이 고무신을 벗어 손에 쥐고는 물속으로 들어가서 고무신 배로 물고기잡기 놀이를 하였다.

어느 날, 학교를 마치고 집으로 돌아오던 날이다. 치마를 가슴 위까지 잡아당겨 올려 입은 후, 고무신 두 짝을 손에 쥐고 물속에 들어가서 송사리 떼를 향해 팔을 내밀었다. 그 순간, 옆에서 송사리를 잡던 친구의 팔에 부딪혀 그만 고무신 한 짝을 놓쳐버렸다. 순식간에 고무신은 저만치 떠내려갔다. 설상가상으로 물속도 아랑곳하지 않고 고무신을 잡으려고 달리다가 넘어지고 말았다. 나머지 한 짝도 떠내려가고, 내 모습은 완전히 물에 빠진 생쥐였다. 발을 동동 구르며 우는 나를 혼자 남겨두고 친구들은 하나 둘씩 눈치를 보며 슬금슬금 사라졌다. 집 앞에서 서성거리다가 결국은 나를 찾아 나선 할머니를 만나 마음을 졸이며 집으로 들어갔다. 야단치지 않고 더 고운 꽃 고무신을 사주셨던 할머니의 사랑과 그날의 안타까움은 도랑물과 함께 하얀 찔레꽃 향기로 다가온다.

나는 등굣길의 신작로보다 연못과 풀밭이 있던 하굣 길을 무척 좋아하였다. 학교 뒷산으로 한 바퀴 돌아오다 덤불사이로 산딸기라도 발견하는 날은 환호성을 지르며 달려가 잽싸게 입에 넣고는 새콤달콤한 맛에 취하였다. 삘기뿐만 아니라 심지어는 수풀이라 불리는 풀을 뽑아 자근자근 씹으며 단맛을 느꼈다. 그때는 보이는 것 모두가 먹을거리고 한 폭의 그림이었다. 개울에서 고무신을 벗어 송사리를 잡다가도 목이 마르면 두 손으로 물을 떠 마셨다. 수없이 마셨어도 배탈 한 번 난 적이 없으니 자연이 준 혜택과 풍성함은 늘 감사함으로 마음에 자리 잡고 있다.

시냇물을 따라 둑길을 한참 걸어오면 신작로가 나오고 유령이 살고 있을지도 모른다는 낡은 판잣집을 가운데 두고 보리가 키만큼 자라고 있었다. 황금빛을 띤 보리 사이에 시커먼 깜부기가 군데군데 고개를 쳐들고 있어 이곳만 지나게 되면 보리밭으로 들어갔다. 보리밭의 깜부기를 맛있게 먹고 난 후 시커멓게 칠해진 얼굴들을 바라보며 깔깔거리거나 배를 움켜쥐고 웃던 기억은 지금도 미소를 머금게 한다. 각양각색의 천연분장은 길을 가던 이들조차 한번쯤은 걸음을 멈추고 웃음을 자아내게 하였다.

온 산야를 운동장처럼 뛰어놀고도 모자라 어둠이 깔리도록 네잎클로버를 찾던 그 시절의 낭만을 다시 한번 찾고 싶다. 붉게 물든 노을을 바라보며 알 수 없는 감동에 젖어 넋을 잃고 바라보던 날의 황홀한 슬픔도 그립기만하다. 산 아래 마을에서 모락모락 피어오르던 저녁연기의 따스함과 평온함도 함께……. 이렇듯 자연에 파묻혀 지낸 나의 어린 시절은 고향이라는 단어와 함께 따뜻함으로 충만해진다.

여기저기서 나의 손을 잡아끄는 추억 속의 고향은 삶의 값진 재산이다. 그 고향이 있어 마음의 소리를 들을 수 있고, 삶을 새롭게 사랑할 수도 위안을 받을 수 있다. 길 가의 풀 한 포기, 흐르는 물소리도 예사로 지나침 없이 속삭임으로 들을 수 있는 감성을 키워 준 고향은 내게 있어 영원한 그리움의 연인이다.

부처 친구

내게는 부처라는 별명이 붙은 친구가 있다. 고등학교 2학년 때부터 지금까지 고교 동기로 같은 교직의 길을 걸었던 친구다. 이름 석 자만 떠올려도 그립고 마음이 편안해지는 복순이다. 그녀는 바쁘다는 핑계로 늘 지나치는 내게 거의 일주일에 한 번 정도는 전화해준다.

"오늘 학교서 교장선생님이 종례시간에 친구 하면 떠오르는
 이름이 있습니까? 하는데 홍영숙, 정인숙이라고 저절로 나오
 더라."

어느 날 그녀와의 통화 내용 중 한 대목이다. 그 말을 듣는 순간 나 역시도 그러한 질문을 받았다면 그녀의 이름이 나왔을 거라는 생각이 들었다. 마음이 울적할 때나 삶이 힘들다고 여겨질 때 그녀에게 전화하면 늘 긍정적이고 합리적으로 이끌어가는 대화에 어느 순간 마음이 편안해진다. 학교 다닐 때도 그녀는 모든 일에 느긋하

고 여유가 있었다. 유난스레 공부하지 않는 것 같은데도 늘 최우수의 성적이었고 교사시절 연수에서도 그랬다. 항상 조급함에 안달복달하는 나에게 넌지시 웃으며 잘못을 짚어주지만 기분이 나쁘기보다는 편안함으로 마음의 평정을 찾게 해준다.

팔 년 전 명예퇴직 바람이 불 때다. 남편까지 명퇴하기를 원해서 퇴직금을 계산해 보기도 하고 서류를 핸드백에 넣어 다녔다. 그때 친구는 나이가 들면 특수학급을 맡아 정년퇴임까지 하려고 대학원 특수교육과를 다니고 있었다. 금방이라도 명예퇴직을 할 것 같은 나의 말을 듣고 며칠 지나고 나서 전화를 걸어왔다.

"나, 오늘 명예퇴직 신청했다. 미련 없이 서류 제출했다. 니 냈나?"

"아니, 안 하기로 했다."

갑자기 뒤통수 맞은 기분이었다. 내 말을 듣는 순간 그녀도 그런 심정이 아니었을까 싶다. 매사에 우유부단해서 맺고 끊는 것을 제대로 못 하는 나는 서류만 핸드백에 넣어두고 여러 선생님과 상담만 하다 포기해 버렸다. 그런데 그만둘 생각조차 안했다가 내 이야기 듣고 신청한 그녀는 그만두어야겠다는 생각이 든 순간 바로 행동으로 옮겼다. 치밀하기로 소문 난 내 남편의 판단이었다면 믿을 만하다는 생각에 그만두기로 했다고 하였다. 지금도 가끔 미안한 마음이 드는 사건이다. 그 이후에도 가끔 명퇴해버릴까? 푸념처럼 이야기하는 내게 그만두면 내 성격에 매일 죽겠다 소리만 하고 살 거니까 참고 다니라는 충고만 한다. 우유부단한 내

성격에 사표를 내지도 못할뿐더러 사표를 내더라도 견디기 어려워 할 것이라는 그녀 나름대로의 판단이다.

친구는 그때 잘 그만두었다고 말한다. 내 마음을 편안하게 해주려고 하는 말이 아니라 진심으로 하는 말임을 안다. 퇴직금을 가치 있게 쓰겠다고 고등학교 일학년이던 작은아들을 호주로 유학을 보냈다. 호주 명문 대학인 멜버른 대학을 거쳐 지금은 대학원을 다니고 있다. 미국 로스쿨을 향한 준비과정이기도 하다. 그리고 시아버지가 돌아가시고 나서 병든 시어머니를 모셔와 돌아가실 때까지 병시중을 하였다. 부모로서 며느리로서 온힘을 다하는 자세가 아름다웠다.

"학교 나갔으면 어떻게 시어머니 병시중을 할 수 있겠노. 사표 냈으니 가능했지."

늘 삶을 긍정적으로 살아가는 그녀의 모습을 단적으로 표현해주는 말이다.

작년, 부천의 그림같이 예쁜 전원주택으로 이사 간 후 기간제교사도 나가지 않는단다. 은행 지점장을 거쳐 작은 중소기업을 하는 남편과 회사에 나가는 큰아들 뒷바라지하는 것만으로도 생활의 리듬이 필요하다고 한다. 한 번 결정하면 뒤도 돌아보지 않고 자기 의지대로 밝고 건강하게 살아가는 친구는 내가 닮고 싶은 삶이다. 올바른 인식과 판단력이 부족하고 늘 생각만으로 자신을 묶어 번뇌하고 울적해지는 나와는 정반대다.

최근에 온 전화는 큰아들의 결혼에 관한 이야기였다. 만나보지 않은 상태에서는 마음에 썩 드는 조건이 아니란다. 하지만 아들이 결혼하겠다는 첫 번째 허락 조건에서 시작하여 긍정적인 이유 서너 개를 들었다. 그녀의 이야기를 들을 때마다 부처가 따로 없다는 생각이 든다. 구름 같은 작은 욕심을 걷어내고 구름 뒤의 태양을 바라볼 줄 아는 지혜의 삶을 살면서 많은 이들을 포용하고 이해하며 감싼다. 이런 친구가 내 친구라는 사실에 참 기쁠 때가 많다.

아침 산책 등산을 시작으로 휘트니스 센터에서 운동하고 돌아와 주부로서의 저녁 준비를 끝내는 그녀의 하루 일과는 늘 정중동이다. 혼자 있을 때는 혼자대로 남들과 함께일 때는 함께 그녀 특유의 부드러움과 편안함으로 주위를 밝게 한다. 지혜의 여인이라고 부를 수 있는 내 친구 복순이가 있어 행복하다. 걱정이 있다면 그녀가 당뇨가 있어 얼마 전 만났을 때 살이 너무 빠졌다는 점이고 나 역시 심장질환이 있어 그녀의 걱정거리가 된다는 점이다.

살아가면서 기쁨과 슬픔을 나눌 수 있는 친구가 있다는 사실은 감사할 일이다. 내 인생 재산에서 그녀의 몫은 얼마일까? 절대 적지 않음을 느끼며 지금 이 순간 그녀의 목소리와 웃는 얼굴을 떠올린다.

사람은 정으로 산다

얼마 전 외국인 근로자인 판광허이씨로부터 전화가 왔다. 부모님과 형제들이 너무 보고 싶고 대학에 진학해 공부하고 싶어 곧 베트남으로 떠나게 된다는 말을 전한다. 그리고 선생님이 그동안 많이 도와주어서 고맙다는 말과 함께 베트남에 꼭 초대하고 싶다고도 한다. 아쉬움이 가득 담긴 목소리로 월급을 받으면 비행기표를 구해 이번 주라도 떠나겠단다. 그 말을 듣는 순간 찡하게 퍼져오는 울림이 가슴을 먹먹하게 만든다. 얼마 전 소규모 중소기업에서 화재로 한 명이 목숨을 잃고 다른 베트남 여성이 심한 화상으로 병원비도 없이 입원한 일이 있었다. 그 말을 들은 판광허이씨는 베트남으로 돌아갈 비행기표 살 돈 오십 만원을 병원비로 내놓았다는 이야기를 선동수 선생님한테서 들었던 사실이 떠올랐기 때문이다. 얼굴도 이름도 모르면서 같은 동족이라는 사실만으로 아픔을 함께 나누는 그의 숭고한 마음이 귀함을 넘어서 나

자신을 돌아보게 하였다.

'그런 상황이 내게 주어진다면 나는 과연 그럴 수 있을까?'

'결코 그러지 못 했을 거야.'

판광허이씨는 베트남 사람으로 외국인 산업 연수생으로 삼 년 동안 우리나라에서 용접 일을 하였다. 현재 한국에서 마땅한 일도 없고 부모님이 너무 보고 싶어 힘들고 어려웠던 과정을 끝내고 나름대로 목표를 세운 채 떠나기로 하였다. 올해 서른세 살인 그는 총각이다. 의사 일을 하다 퇴직한 아버지와 중학교 특수학급을 가르치는 어머니, 두 명의 남동생이 그의 가족이다. 한국에서 번 돈으로 두 명의 남동생 대학학비를 대어 지금은 둘 다 취직을 했다고 한다. 그를 볼 때마다 궁금했던 우리의 지난 역사를 되돌아 보는 듯하며 진한 가족애가 느껴졌다. 타국의 외로움과 고생 속에 서도 부정적인 말 한마디 없이 부모형제에 대한 그리움과 애정을 이야기 할 때의 표정은 무척이나 진지했다.

판광허이씨는 내가 이년 째 일요일마다 봉사활동을 하는 '성동 외국인 근로자센터' 한국어 교실의 수강생이다. 작년 초급반에서 두 시부터 네 시까지의 수업을 마치고 네 시부터 여섯 시까지 하는 중급반인 우리 교실에 청강생으로 들어왔다. 화성에서 왕십 리까지 오는 데 두 시간, 네 시간의 한국어 수업을 듣고 교실을 나서는 그는 늘 피곤하고 지쳐 있었다.

"괜찮습니다."

"잘 가르쳐 주셔서 고맙습니다."

"열심히 공부하겠습니다."

힘들지 않느냐고 물을 때마다 매번 들을 수 있는 한결같은 그의 대답이다.

어느 날 수업이 끝날 무렵 그가 수줍은 표정을 지으며 하얀 봉투를 내밀었다. 공장에서 일하다가 선생님이 보고 싶어서 편지를 썼다고 한다. 또박또박 한 글자 글자마다 정성을 들여 쓴 글이지만 군데군데 틀린 곳이 있어 고친 후 간단한 답장과 함께 되돌려 주었다. 그다음 편지에는 한 글자도 틀린 곳 없이 정성스럽게 편지를 써 가지고 왔다.

'선생님은 제게 어머니 같으신 분입니다.'

매번 이렇게 시작된 편지는 구구절절 감사함을 전하고 있으며, 베트남에 있는 부모님께도 말씀을 드렸다고 한다. 때로는 휴대전화에 편지를 못 써서 죄송하다며 말로 편지를 읽기도 하고 가끔 문자를 보내 감사하다는 말을 전한다. 조그만 친절에도 감사함을 전하는 그의 마음과 근무 날 이외에는 한 번도 결석 없이 네 시간의 수업을 감당하는 인내와 열심히 배우는 모습은 늘 감동으로 다가왔다.

지난해 1학기 수업을 끝내고 몸이 아파 한 학기 쉬게 되어 오지 못하게 되었다는 말을 하였다. 숙연한 분위기 속에서 연신 손등으로 눈물을 닦아 내던 그의 모습을 보며 얼마나 마음이 아팠는지

모른다. 그 이후 센터에 나와 열심히 공부한다는 소식과 함께 가끔
씩 문자를 보내고 안부 전화가 와서 마음이 놓이기도 하였다.

올해 다시 봉사활동을 시작하고 봄에 그가 베트남을 다녀오면서
전통 그릇 세트를 선물로 사가지고 왔다. 선물을 빨리 전하고 싶다
는 전화를 여러 차례 받았다. 소중하게 장식장에 보관해 두고 정성
의 마음을 기억하며 그와 그의 가족을 위해 기도해 주고 있다.

떠나기 전에 우리 집 식구들에게 인사를 하고 싶다고 하여 초대
하여 저녁 식사를 대접하였다. 장식장에 잘 놓인 베트남 그릇을
보며 행복해 하던 그의 모습이 지금도 그릇 속에 향기처럼 배여
있다. 준비한 작은 선물을 굳이 사양하다 부모님께 기념으로 드리
라고 자꾸 권하니 그제야 고맙고 죄송하다는 표현의 말을 하며
받는다. 순수하고 순진한 사람들의 마음이 수시로 감동과 기쁨을
주기에 피곤함을 무릅쓰고 주말마다 봉사활동을 하게 됨을 안다.
그날 지하철까지 데려다 주며 나눈 대화가 가슴을 얼마나 찡하게
하는지……. 표현이 부족해서 어떻게 전달해야 할지 모르겠다며
하는 말 중에서 가장 여운을 남기는 말이 잃어가는 정에 대한
말이었다.

"선생님, 돈보다도 더 소중한 것은 마음으로 주고받는 정이에요."

"한국에 와서 너무 고생이 많았지요. 힘든데도 열심히 공부해서
   실력도 많이 늘었어요."

잘 가르쳐주신 덕분이라고 내게 공을 돌리지만 해준 것이라고는

두 시간씩 한국어를 가르쳐 준 것밖에 없다. 그리고 가끔씩 피곤하고 힘든 그에게 따뜻한 말 한마디 건넨 것 밖에 없는 데도 고마움을 잊지 않겠다고 한다. 힘들고 부당한 대우를 받은 적도 많을 텐데 한국과 한국 사람에 대해 좋은 감정을 가지고 떠난다고 했다. 표현은 다소 어색하고 미흡하지만 사려 깊은 표정이 언제나 진지한 모습이다. 그의 시적이고 철학이 내포된 말에는 항상 그 나름대로 삶의 향기와 소중한 것이 무엇인가를 생각하게 해준다.

월급을 받아 비행기표를 구해 곧 떠나겠다고 하는 그에게 조금이나마 도움이 될까 하고 퇴직금 체불 관계를 해결하고 가라고 말렸다. 하지만 '외국인 근로자 센터'에서 법률관계를 맡으신 선생님이 전력을 다해 노력을 했으나 물거품이 되고 결국 한 푼도 받지 못하고 떠나게 되었다. 그냥 떠나겠다는 것을 조금만 기다렸다 가라고 몇 번이라 권했던 것이 후회스러웠다. 받지 못한 돈보다도 스스로 체념하고 갔으면 마음의 상처가 훨씬 적었을 텐데 하는 아쉬움이 마음 한구석을 허하게 한다. 센터 선생님이나 내가 그를 도와주고 싶어 말렸다는 것을 알고 서운함도 다소 잊어 주겠지라는 일말의 자위로 씁쓸함을 달래본다.

"선생님 인천 공항이에요. 그동안 저에게 도움을 많이 주셔서 감사합니다. 선생님, 몸 건강하시고 가족들도 모두 행복하세요."

퇴직금 체불 관계로 친구 집에서 이 주간 지냈던 보람도 없이 빈손으로 돌아가는 그의 마음을 어떻게 위로해야 할지 막막하다. 고생만 하다가 빈손으로 가서 어떡하느냐고 안타까워하는 내게 담담한 어조로 말한다.

"괜찮습니다. 선생님을 만났기 때문에 정말 괜찮습니다."

"판광허이씨도 열심히 공부해서 앞으로 하고 싶은 일 하고 살도록 하세요. 조심해서 베트남 잘 가세요."

그 말 이외에는 달리 해 줄 말이 없다. 그가 우리 한국 사람에 대해 서운함 대신 진정 소중한 것이 무엇이라고 말하고 싶었을까? 아마 우리 집을 방문했을 때 긴 호흡을 하며 조심스레 하던 그 말이었는지 모르겠다.

"선생님, 돈보다도 더 소중한 것은 주고받는 정이에요."

'판광허이씨, 미안해요.'

자본주의 시대에 살면서 잘 사는 나라와 못 사는 나라의 차이와 한계는 어디까지일까? 물질 만능이 가져다주는 이해타산 속에서 상처 입고 떠나는 맑은 영혼을 가진 이들에게 이 순간 마냥 부끄럽고 미안할 뿐이다. 뿌연 하늘에 어둠이 깔리고 이별 앞에서 그와의 만남과 이별, 그리고 삶을 반추해 본다.

아름다운 손

'수녀님 화성으로 떠나셨어요. 좋은 분으로 기억하신다는 말씀 전해 달래요.'

이 선생님의 문자메시지다. 그 순간 쏴아 하니 밀려드는 어떤 슬픔이 가슴을 훑고 지나갔다. 일 년에 한 번, 지금까지 삼 년 동안 세 번의 만남이었지만 새벽별의 아름다움을 느끼게 해주신 분이다.

파울라 수녀님을 처음 만난 곳은 삼 년 전 국군 통합병원의 성당이었다. 퇴임 후 소식만 가끔 전하다 일 년 반 만에 만난 이 선생님이 내게 수녀님을 소개시켜 준다고 간 곳이다. 수줍은 미소로 맞이하는 수녀님에게 나를 수필가라 소개한 이 선생님은 수녀님 역시 작가라고 소개했다. 성모상과 묵주, 성경 한 권만이 놓여 있는 작은 방이 만들어진 건 얼마 되지 않았다고 말씀하신다. 얼마쯤 들었을까? 궁금해하는 내게 육백만 원이 들었다며 퇴원한 환자

아버지께서 해주셨다는 말을 덧붙인다. 저녁에는 요한 성당으로 가서 숙식은 제공받는다는 말씀과 함께 이번 주 원고 두 편을 써야 하는데 시간이 부족하다고 하셨다. 그 순간을 놓칠세라 이 선생님이 내가 글을 잘 쓰니까 한 편 부탁하라고 거든다. 엉겁결에 허락하고는 이메일 주소를 적는 수녀님의 손을 지켜보았다. 글 한 편의 원고료 삼만 원이 환자인 군인들의 간식비로 들어간다는 말씀에 병들고 지친 영혼을 위해 사용되는 그 손이 무척 아름답게 느껴졌다. 일반인의 눈으로 보면 화상때문에 흉터가 심한 손일지 모르지만 내게는 그 순간 세상에서 가장 아름다운 손으로 보였다. 주름투성이의 마더테레사 수녀님의 손을 볼 때와 똑같은 감동이 솟았다.

파울라 수녀님의 글은 밤 열 시 국군의 방송 취침 시간에 성우의 목소리로 전국으로 나간다. 대한민국 국군 장병의 마음에 신의 사랑과 부모의 마음을 담아 보내니 얼마나 많은 이들이 평안을 얻을까. 입영 연기를 한 작은 아들을 생각하니 나 역시도 수녀님의 그 사랑 앞에 감사해야 할 날이 머지않았나 싶다. 어린 시절 군부대 근처에 살 때 취침나팔 소리를 들으며 잠든 적이 많다. 세월의 강을 건너 이제는 부모 되어 자식을 떠나보낼 때라 남의 일처럼 여겨지지 않는다. 이 선생님과 수녀님이 나누는 사연 중에 주된 화제는 고아 환자였다. 이름은 기억나지 않지만 몇 차례 탈영의 위기를 넘기게 한 후 지금도 부모처럼 돌보는 걸 알게 되었다.

집으로 돌아가 글을 쓰려고 했으나 결국 못쓰고 연락도 드리지 않아 약속을 어긴 셈이되었다.

지난해 여름 방학 이 선생님과 함께 두 번째로 수녀님을 만났다. 지난번 약속을 어겨 죄송하다는 말에 오히려 마음에 부담을 주어 미안하다고 하신다. 입가에 흐르는 잔잔한 미소, 상대방을 배려하며 조용한 음성으로 천천히 하는 말 속에서 영혼의 맑음과 수도자의 고결함이 배어 있다. 부질없는 욕심에 사로잡혀 감사할 줄 모르고 고통스러워하는 나 자신의 모습이 맑은 거울 앞에 비치고 있었다. 무엇보다 궁평리 낙조처럼 발갛게 상기되는 얼굴 앞에 내 마음도 정화되는 듯하다. 글 소재를 주시겠다고 수녀님이 빈센트 병원에서 겪었던 이야기를 들려 주셨다.

죽음을 목전에 둔 온몸이 부은 간암 환자의 기막히도록 슬픈 이야기 속에 수녀님들이 베푼 사랑의 이야기다. 남편을 병으로 일찍 떠나보내고 시어머니의 모진 악담과 멸시 속에 그녀의 삶은 이미 빛을 잃은 어둠이었다. 새벽녘 빈손으로 도망치듯 두 남매를 끌고 낯선 지역으로 떠나왔던 젊은 여인의 절박함에 가슴이 아렸다. 조금씩 안정과 행복을 찾아가는 순간 운명의 여신은 그녀를 시샘하고 만다. 간암이라는 병으로 어릴 적 호주에 이민 간 자식 없는 친구에게 남매를 입양시켜 떠나보낼 수밖에 없었고, 다시는 볼 수 없는 그 슬픔에 통곡으로 몇 날 밤을 지새웠으리라. 멀어져 가는 비행기를 향해 손을 흔들며 돈 벌어 찾아가겠다는 엄마를 내려다보며 손을 흔들었을 철부지 아이들은 훗날 이 날을 어떻게 기억할까?

'슬픔이 슬픔을 낳는다.'

어디선가 읽은 구절이 입가에 맴돌았다. 생명의 불꽃이 얼마 남지 않았음을 안 그 여인이 마지막 간 곳은 빈집으로 남아있는 제주도 고향집이다. 떠나기 전 한 달분의 약을 타려고 빈센트 병원을 찾아오고 그녀의 딱한 사정을 수녀님이 알게 되었다. 마침 그 날 수녀님들이 함께 사용할 수 있는 돈이 생겨서 그녀의 비행기표와 얼마간의 용돈으로 모두 주고 여러 날을 기도해 준 슬픈 사연이다.

올여름 세 번째 만남에서 이 선생님은 수녀님이 곧 다른 곳으로 떠나실지 모른다고 했다. 그냥 빙그레 미소로만 답하는 수녀님에게 그냥 말없이 가시면 안 된다고 하니 침묵으로 답하신다. 어려움을 겪는 주위 분들을 걱정하며 힘든 가운데서도 신앙심으로 감사하는 이 선생님을 향한 따뜻한 위로의 시선이 은은한 백합향내로 다가온다. 이별을 감지하신 수녀님은 '무지개원리'라는 책을 우리 둘에게 선물하셨다. 이젠 취직해서 어엿한 사회인이 되었다는 고아 환자 이야기가 나왔을 때 저런 분이 있기에 신의 사랑을 느낄 수 있는 게 아닐까 하는 생각이 들었다. 함께 식사를 하는 손이 너무나 아름답게 느껴졌다. 맑은 영혼뿐만 아니라 끊임없이 나눔과 베풂을 아끼지 않는 옹달샘 닮은 손을 마주 잡고 싶음을 애써 태연으로 가장하였다.

겨울 방학에 서해 근처로 가셨다는 수녀님을 만나러 갈 생각을
하니 벌써 아궁이에 불이 지피듯 가슴 밑바닥에서 온기가 올라온다.

인연 1

'옷깃만 스쳐도 전생에 오백 년의 인연이 있다고 합니다.'

사찰에서 결혼식을 올린 고종사촌 언니의 주례사에서 스님이 하신 말씀이다. 그 이후 사람들을 만날 때마다 전생의 인연을 가늠해 보곤 한다. 때로는 심각한 고민과 갈등으로, 가끔은 행복감으로 인연의 실타래를 풀었다 감았다 하면서……. 하루에도 몇 번씩 가장 비극적이면서도 희극적인 요소를 가미한 나의 '인연 타령'은 가족이다. 남들에게 항상 '인연은 따로 있나 봐.'라고 말하는 남편, '전생에 내가 빚진 것이 많아 갚아야 할 게 많나 봐.'라고 말하는 큰아들로부터 시작된다.

이년 전, 큰아들의 수능시험과 대학입시를 앞두고 많은 분의 따뜻한 위로는 인연의 소중함을 새삼 느끼게 했다. 그 분들 중에 고 3 입시생을 둔 같은 입장이면서도 위로와 격려를 많이 해주신 분이 계신다. 자기 입장만 생각하기 쉬운 각박한 현실에서 남의 고통을 이해하고 배려하는 마음이 얼마나 귀한 것인가를 가슴 따뜻하게 되살려준 분이다. 지금도 매 월말 금요일이면 사계수필 모임에 오셔서 정담과 함께 좋은 글을 쓰라고 지도와 조언을 아끼지 않으시는 서울교대 정길남 교수님이시다.

정 교수님은 만 삼년이 가까워오는 사계수필 모임의 구심점이 되어 회원들의 대소사까지 챙겨주신다. 아무리 바쁜 일이 있어도 만사를 제치고 제일 먼저 달려와 축하와 위로를 하신다. 무더위가 기승을 부리는 8월에도 여섯 시간의 연속강의를 끝내고 와서 회원들의 작품에 애정을 가지고 조언을 해주셨다.

"교수님, 피곤하시지 않으세요?"

여기저기서 걱정스럽게 묻는 말이 말에 미소를 가득 지으시며 대답하신다.

"아, 괜찮아요. 저는 여기 와서 여러분을 만나는 것이 좋아서 피곤한 줄도 모르겠어요. 여러분이 항상 가족과 같이 여겨지고 만나면 즐거워요."

그 말을 듣는 순간 여기 온 사람들은 전생 무슨 인연이 있어 이 분을 만나 서로 서로 정을 나누는 것일까? 생각과 함께 많은 기억이 되살아났다. 회원들을 태우고 손수 운전했던 지리산 세미나에서 개개인의 작품에 대한 분석과 함께 열정적으로 지도하고 격려하시던 모습이다. 그때의 모습은 지금도 변함없이 일 년에 두 번 세미나 형식으로 떠나는 곳에서는 언제든지 보고 느낄 수

인연 2

간간이 지나가는 자동차 소리만이 정적을 깨는 주말의 오후, 커튼을 열고 바라보는 산은 열두 폭 치마처럼 펼쳐져 단풍으로 곱게 물들어 있다. 빈 들녘에는 정돈된 볏짚이 군데군데 쌓여 있고 가을답지 않게 불어대는 바람소리는 스산하다. 아름다움 속에 고여 있는 슬픔을 느낄 수 있는 시간이다. 제풀에 꺾여 말라버린 풀꽃들이 바람결에 씨앗을 터뜨리는 것이 이생의 인연을 마감하는 마지막 인사처럼 느껴졌다. 하늘에 떠있는 구름이 다가와 말을 걸 듯 '인연'이라는 화두를 던져준다. 파노라마처럼 펼쳐지는 수많은 상념에 젖다 어느 순간 멈춘다.

천구백구십일 년 같은 학교에 근무하던 전 선생님과 서울교대 계절제 입학시험을 치르고 집으로 돌아가던 날이다. 갑자기 굵어지는 눈발이 함박눈이 되어 펑펑 내려 알 수 없는 행복감에 충만했다. 지나고 생각하니 귀한 인연의 만남이 있을 좋은 징조였다.

방학 때마다 수업을 받는 삼년간의 생활에서 훌륭한 스승님을 여러분 만날 수 있었고 교사로서의 자질과 문학의 터를 잡는 계기가 되었다. 졸업과 더불어 그 시절의 인연은 추억과 지난 일로 끝나게 되었지만 한 분 스승님은 지금도 한결같이 가르침을 주고 계신다.

항상 변함없는 열정으로 강의하셨고, 졸업논문을 지도해주셨던 정길남 교수님은 십육 년 세월의 강을 건너면서도 여전히 열정으로 문학수업을 지도해주신다. 사십대 후반의 그때 모습이나 정년을 앞두신 지금의 모습이나 변함이 없으시다. 그 시절의 젊음을 그대로 유지하고 계신 듯한 모습, 한결 같으신 그 열정의 비결은 무엇일까? 때로는 궁금하기도 하지만 신앙과 믿음으로 나누고 베풀고자 하는 인품이 뿜어내는 향기가 아닐까 여겨진다.

사계수필과의 인연으로 매월 셋째 월요일에 만나는 교수님은 아무리 바쁜 일이 있어도 지금까지 한 번도 빠지신 적이 없으시다. 이천 년 처음으로 글쓰기 연수를 마치고 교수님의 지도를 더 받고 싶어 열두 명이 모여 사계수필 모임을 만든 지가 엊그제 같은데 내년이면 강산이 변한다는 십년이다. 첫 회원이 세 명만 남고 연이어 들어오고 나간 사람이 많았지만 교수님이 계시는 한 사계수필은 영원이라는 단어를 사용해도 좋을 듯싶다. 콘도며 운전까지 손수 하시던 첫 세미나부터 양평에 별장을 지으시고 밤늦도록 지도도 모자라 사모님과 함께 정성껏 가꾸신 채소를 한 보따리씩 안겨주신다. 문학은 감동이라고 하였는데 이러한 감동으로 사계 회원의 글 솜씨가 나날이 발전해 일 년에 많게는 서너 명의 작가가 탄생한다. 작가가 되는 길이 쉽지 않은 데 교수님의 지도로 작가의 길로 나갈 수 있는 것이 사계수필 회원들의 큰 복이다. 평생에 책 한 권 발간하기도 어려운데 사계수필 8집이 곧 나온다는 사실만으로도 가슴이 벅차다.

정교수님은 우리 회원의 길흉사에는 모든 일 다 젖히고 달려와 축하와 슬픔을 함께 해주신다. 황명자 교장선생님이 교감선생님으로 발령 나던 날 신문에서 명단을 발견하고는 새벽부터 들뜬 목소리로 내게 전화를 거셨다. 기뻐하시던 그 목소리가 지금도 귀에 쟁쟁하다. 이렇듯 사계 회원의 일이라면 진심으로 기뻐하시고 마음 아파하시며 우리 회원들을 친척 이상으로 대해주신다. 그동안 회장직과 부회장직, 총무직을 맡아 열심히 일해 주신 분들의 노고도 늘 치하해 주신다. 언제나 반가움과 감사의 만남이 사계 모임이다.

내게 있어 교수님과의 인연은 참 소중하다. 졸업논문을 쓸 때 알뜰하고 자상하게 지도해주셨고, 대학원에 진학할 수 있는 기초를 마련해 주셨다. 학부의 모교는 아니지만 서울교대가 가슴 속에 살아있는 건 교수님의 가르침이 학교생활에서 발전의 계기가 되도록 이끌어준 점이다. 사계수필 모임이 만들어지고 처음으로 수필가의 길로 들어서게 하여 동화 작가와 시인으로까지 영역을 확대해 나갈 수 있었던 것도 교수님과의 귀한 인연의 덕이라고 생각하며 감사한 마음을 가지고 산다. 글쓰기에 관심을 가지고 배우고자 하는 여러 선생님과의 따뜻하고 정겨운 만남도 교수님에 의해 이루어졌으니 좋은 인연 살리기 또한 무엇보다 교수님 곁에서 늘 순수하고 고운 향기로 인연의 소중함을 지켜봐주시는 사모님이 덕분에 더 고운 빛깔의 인연이 될 수 있어 행복하다.

좋은 인연은 향기고 나쁜 인연은 독이라던가. 가을 들꽃의 향기처럼 퍼지는 사계수필과 정교수님과의 은은한 향기는 이 순간 내 마음속에 피어오른다.

키 작은 아저씨

올봄과 여름에 걸쳐 큰 수술은 아니지만 두 번의 수술로 기력이 많이 떨어졌다. 과로하지 말고 꾸준히 운동을 하라는 의사선생님의 말씀이 예전처럼 예사롭게 들리지 않는다.

'건강이 우선이다'라는 그런 생각으로 방학을 앞두고 새벽 운동을 시작했다. 집 근처에 있는 중앙공원에서 시행되고 있는 생활체조 에어로빅이다.

새벽 5시 반이다. 반바지에 티를 걸치고 공원을 향했다. 음악에 맞추어 준비운동을 하는 사람들의 질서정연한 모습이 어슴푸레 보인다. 그들 뒤에 서서 막 운동을 시작하려는 순간 오른쪽 분수대 가장자리에 키 작은 남자가 눈에 띄었다. 어릴 적 천막극단에서 신기한 요술을 보여주던 '난쟁이'라고 불리던 아저씨와 똑같은 모습을 한 남자다. 몇 년 전 지하철 공터에서 본 행인을 모아놓고 접시를 돌리던 키 작은 아저씨의 모습이기도 하다. 그때마다 느꼈던 연민의 정은 늘 그런 사람들을 볼 때마다 불쌍하고 측은하기만 하였다. 그뿐만이 아니라 힘들고 구석진 곳에서 소외당하며 사는 사람이라는 선입견을 품고 있었는데 이 곳에서 운동을 하고 있다는 사실이 내게는 가벼운 충격으로 다가왔다.

운동을 하면서도 눈은 계속 키 작은 아저씨를 향한 채 그의 행동을 주시하였다. 팔다리가 짧은 그는 다른 사람에 비해 움직임이 적은 듯이 보이지만 동작 하나하나를 제대로 따라 하려고 있는 대로 목을 빼고는 강사 선생님을 쳐다보곤 한다. 그보다 키가 큰 앞에 선 사람들 때문에 강사 선생님의 동작이 제대로 보일 리가 없다. 서투른 동작으로 안간힘을 쓰는 것이 안타까웠다. 하지만 비록 뒷자리에 서서 어설픈 동작으로 운동은 하지만 수백 명이 넘는 건강한 사람들이 모인 곳에 용기를 내어 왔다는 것만으로도 박수를 쳐주고 싶었다. 평범한 우리에게는 예사로운 일이지만 아저씨로서는 대단한 용기였으리라.

그 다음날도 여전히 그 자리에 서서 운동하는 그를 흘끔 흘끔돌아보았다. 가끔은 쉬었다가 하기도 하고 흐르는 땀을 손수건으로 닦기도 하였다. 열심히 따라 하는 모습이 주위 어느 사람 못지않게 적극적이었다. 거리낌 없이 당당하게 온힘을 다하는 모습이 아름답게 느껴졌다.

'아저씨, 내일은 맨 앞자리로 가서서 강사 선생님을 쳐다보고 해보세요.'

용기없는 자신을 탓하면서도 마음속으로 계속해서 말을 하였다. 운동이 끝나자 상기된 얼굴로 가까이 있는 분들과 환한 웃음을 지으며 이야기를 나눈다. 그리고는 세워놓은 자전거에 가볍게 올라탄다. 알록달록 오색빛깔의 자전거 역시 그의 키에 맞는 유치원생용이다. 그 위에 올라타고 달리는 그의 뒷모습은 희망으로 가득차 보였다.

그 이후로 새벽 운동을 가면 먼저 호숫가에 자전거가 있나 없나를 확인하고 없으면 기다리는 마음으로 운동을 시작하였다. 중간에라도 온몸을 흔들며 열심히 따라 하고 있는 키 작은 아저씨가 보이면 가벼운 흥분이 일면서 안도감마저 생겼다.

'아저씨 아자!'

소리 없는 응원을 한 지 일주일도 채 되지 않았는데 계속해서 보이지 않는다. 운동하느라 무리해서 몸살이라도 난 것일까? 아니면 다른 일이 있어 나오지 않는 걸까? 궁금해 했지만 그 이후로 두 번 다시 그의 모습을 보지 못했다. 살아가면서 가졌던 편견에서 벗어나 전력을 다하는 자의 아름다움을 느끼게 해 주었기에 안타까움이 더 한지도 모르겠다.

탱자 울타리

'탱자 울타리'라는 시를 읽었다. '혀끝에 뱅뱅 도는 설지 않는 풍경이다'라는 마지막 연을 읽는 순간 따뜻함이 온몸을 감싼다. 추억의 갈피 속에 곱게 숨겨져 있던 노란 탱자 울타리가 동화 속의 삽화처럼 펼쳐지는 순간이다.

수십 년이 지난 지금도 환상처럼 아름답게 떠오르는 집이 있다. 노란 탱자로 울타리 쳐져 있던 초등학교 시절의 친구 집이다. 봄이면 개나리꽃이 가을이면 노란 탱자가 환한 미소로 반겨주던 곳이다. 밤이면 총총한 별들이 보석처럼 빛나고 정월 대보름날이면 마을 사람들이 달맞이하러 가던 집이다.

신작로 길을 지나 도랑물이 흐르는 논둑길을 지나면 산 밑에 집들이 옹기종기 모여 있었다. 그 마을을 돌아 산비탈 경사가 제법 가파른 돌계단을 올라 쌕쌕거리는 숨소리와 함께 지친 걸음이 되어 도착하면 햇빛에 반짝이는 바다가 넓게 펼쳐져 있다. 산언덕을 중심으로 탱자울타리가 쳐져 있던 그 집이 내게는 동화 속의 집처럼 느껴질 때가 한두 번이 아니다. 까만 눈망울과 동그스름한 얼굴에 갈래머리를 곱게 딴 친구조차도 책 속의 주인공처럼 생각될 때가 종종 있었다. 봄이면 뻐꾸기 소리, 여름이면 매미 소리와 함께 들려오던 그녀의 작은 오빠가 부르던 하모니카 소리는 하늘가를 맴도는 메아리처럼 들려왔다. 지금도 어쩌다 하모니카 소리를 들으면 촘촘한 가시 사이로 탱자들이 음표 되어 춤을 추는 환상에 사로잡히곤 한다.

마을에서도 한참 숨을 몰아쉬면서 올라가야 했던 그 집은 기역자 모양의 양철집이다. 두레박으로 물을 길어 올리는 작은 우물이 방과 방 사이 부엌에 있어 얼마나 신기해했는지 모른다. 물을 퍼 올릴 때마다 '풍덩' 소리가 긴 여운을 남기곤 하였다. 부엌의 창살 사이로 간간이 비치는 햇살 외에 언제나 습기 차고 어두웠던 그 우물은 언제나 신비스러웠다. 함석으로 만든 오각형 모양의 두레박의 투박함이 안겨주던 질량감은 지금도 큰 바위를 안은 기분을 자아낸다. 물맛은 시원하다 못해 달콤하기까지 하였다.

산에서 흘러내리는 물을 막아 만든 작은 빨래터에는 검은빛이 도는 넓적한 바위 빨래판과 방망이가 항상 그 자리를 지키고 있었다. 봄이 되어 뒷산의 진달래와 함께 어우러지던 개나리가 소리 없이 떠나간 다음 탱자 울타리는 멋진 놀이터가 된다. 초록빛을 띤 탱자가 익어갈 무렵, 따사로운 햇살과 함께 물감을 짜놓은 듯한 울타리를 돌며 숨바꼭질하던 기억이 재미와 함께 그리움으로 남아 있다. 떠오르는 장면 중 가장 아름다운 것은 뭐니 뭐니 해도 가을이면 울타리에 조롱조롱 매달려 노랗게 익은 탐스런 탱자다. 선물처럼 몇 개를 얻어오는 날은 보물처럼 손에 쥐고 향기를 맡고는 머리맡에 두고 잠들 정도였다.

집안 살림을 살며 부지런히 농사일을 하던 친구의 큰언니는 늘 푸근하고 넉넉함으로 기억에 남아있다. 놀러 갈 때마다 할머니 갖다 드리라며 주던 텃밭의 농작물들은 언제나 들고 오기에는 힘에 버거울 정도의 양이었다. 후한 인심과 나누어 먹는 인정이 새삼 그리운 건 나날이 각박해져 가는 우리네의 삶 탓일까? 절반이나 도시락을 사오지 못하고 두 곳의 보육원에 사는 전쟁고아들이 학우였던 60년대 중반의 그 시절도 서로 나누며 살았는데…….

잊혀 가는 것이 새삼 그리운 시간이다. 시집을 펼치고 탱자나무라는 시를 다시 읽어본다. 이 '탱자 울타리'란 시에서 시인은 다른 하고 싶은 이야기를 숨긴 것으로 보였다. 그러나 나에게 탱자 울타리는 과거로 가는 징검다리 구실을 해주었다. 자연과 더불어 순응하며 살았던 그 시절에 비해 지금은 편하고 배부른 삶인데도 늘 부족해하고 더 가지지 못해 안달하고 살아간다.

자신을 되돌아본다. 한겨울에도 반 팔 옷을 입고 살 정도로 난방이 잘 된 아파트에서 사는 데도 만족할 줄을 도통 모른다. 오분이면 걸어갈 곳인데도 자가용을 끌고 나가는 데 익숙해져 있다. 가족을 위해 공들여 음식을 장만하기보다는 완제품이나 통조림으로 때우는 경우가 많다. 늘 바쁘다는 이유로 가족과의 대화는 잔소리로 일관한다. 말로는 남을 이해하고 배려하며 살아야 한다고 하지만 늘 손해 보는 기분으로 사는 것은 어떻게 이해해야 할까? 조금 힘들어도 참지 못하고, 감사 대신 남과 비교만 하고 살다 보니 행복은 저만치 멀리 있음을 깨닫는다.

이 순간 탱자 열매 몇 개만으로 행복했던 어린 시절의 순수와 감사로 살아야겠다는 생각을 해본다. 감사는 행복의 첫걸음이라고 하지 않던가.

패드릭의 편지

　2001년 8월 말 경부터 매주 일요일마다 봉사활동을 시작하였다. 왕십리에 있는 '성동 외국인 근로자 센터'에서 외국인 근로자들에게 한국말을 가르치는 일이다. 내가 맡은 반은 '인도네시아 · 베트남' 반인데 인도네시아, 베트남 학생 이외에 미얀마, 태국, 스리랑카 학생이 각각 한 명씩 있다. 오후 2시부터 4시까지의 수업은 그들의 진지한 눈빛과 화기애애한 분위기로 순식간에 지나간다. 하루 열두 시간을 일하고 휴일인 일요일에 한국말을 배우겠다고 두세 시간이 걸리는데도 열심히 찾아오는 그들이다.

　오늘 수업이 끝날 즈음 항상 유머로 분위기를 돋우는 아데의 목소리가 들렸다.

　"선생님, 패드릭 인도네시아 가요. 다음부터 공부하러 안 와요."

　언제 인도네시아에 가느냐고 물을 때마다 어물쩍 대답을 회피한 이유를 알 것 같다. 어깨까지 오는 긴 머리에 항상 모자를 쓰고 있어 카우보이 같은 인상을 풍기는 그가 평소와는 다르게 다소곳이 고개를 숙이더니 가방에서 편지봉투를 꺼냈다. 두 손으로 공손히 편지를 내미는 표정이 여간 진지하지 않다.

"언제가요? 너무 섭섭해요. 송별식 해야겠어요."

연이어 쏟아내는 내 말에 여기저기서 송별식을 하자, 노래방도 가야 한다는 말이 나온다.

"다음 주 일요일 한국 민속촌 문화체험 행사에 꼭 나오세요. 그곳을 다녀와서 송별식을 해요. 그냥 가면 섭섭해서 안 돼요."

나더러 먼저 읽고 자기는 나중에 읽겠다는 수업 파트너인 안설희 선생님의 말에 편지를 가방에 넣고 지하철역으로 향했다. 지하철 안에서 꺼낸 '패드릭 드림'이라는 편지 봉투 속에는 두 장으로 접혀진 편지가 들어 있었다. 계속해서 다섯 번을 읽었던 편지글의 내용이 찌르르 가슴을 파고들어 왔다.

FROM: PETRIX
TO: MY TEACHER

알라신의 가호가 있으시길

이 편지를 쓰기 전에 제 편지가 선생님이 하시는 일을 방해했다거나,
무례했다면 용서하세요. 존경하는 선생님…
삶이란 영원하지 않고, 태어남이 있으면 죽음이 있고, 새것이 있으면
망가진 것/ 오래된 것이 있으며, 오는 것이 있으면 가는 것이 있고,

만남이 있슴연 헤어짐이 있습니다.

그것은 이미 우리가 리할 수 없는 보통의 일/ 법이 되었습니다.

충분히 한국에서 살았고, 가족들이 너무 그립기 때문에, 지금 저는 그건 것들을 겪고 있습니다. 그래서 오는 11월 8일쯤 고국으로 돌아가려고 합니다.

존경하는 선생님…

선생님의 수업을 계속 듣지 못한 점 정말 죄송해요.

사실 전 한국어를 계속 배우고 싶어요. 배울수록 재미있거든요. 하지만 상황이 그럴 수 없기에 선생님과의 공부는 이만 접고 인도네시아로 돌아가야 할 것 같아요.

아마도 인도네시아에서 외국어 코스를 통해서 한국어를 계속 배울지도 모르겠네요.

제가 왕십리에서 배우는 동안 제 언행이 선생님의 마음을 상하게 했다면, 정말 죄송합니다.

저희가 선생님이 바라는 만큼 잘하지는 못했지만 저희를 참고 이끌어주시고, 한국어를 가르쳐주신 선생님께 감사하다는 말밖에 하지 못하겠네요. 하지만 선생님의 친절함과 아량은 삶속에서 잊을 수 없는 역사의 한 페이지로 저희가 항상 기억할 것입니다.

저에 대한 선생님의 친절이 전지전능하신 신께서 부답해주시길 빕니다. 아멘…

마지막으로 제가 부모님께 순종하는 사람이 되고, 국민. 국가. 종교를 위해 필요한 사람이 될 수 있도록 선생님 기도해 주세요.

저희가 한국에서 번 돈은 저희의 미래에 아주 유용할 것이고, 제가 선생님과 선생님의 가족이 항상 신의 보호를 받을 수 있도록 기도할게요. 아멘 세계인의 주님이신 알라의

알라신의 가호가 있으시길

알라신의 이름으로

PETRIX

내 실력으로는 읽고 쓸 수가 없는 인도네시아 주소와 네 줄 패드릭의 사인이 멋스럽게 쓰여 있다.

편지를 읽어 내려가는 순간 가슴속에 차오르는 감동이 여운으로 남았다. 간혹 틀린 글자가 있기도 하고 띄어쓰기가 제대로 되어있지 않은 부분은 있지만 한 자 한 자 정성껏 쓴 글 속에는 진심으로 고마워하는 마음이 담겨져 있었다. 이 글을 쓰려고 얼마나 많은 생각과 시간을 할애했을까. 일주일에 두 시간 그것도 겨우 두 달 만에 분에 넘치는 감사의 편지였다. 무엇보다 타국에서의 외로움과 고달픔의 아픈 기억이 아닌 한국에 대한 따뜻한 기억을 가지고 떠난다는 사실이 감사했다.

하루 열두 시간 일을 해서 너무 힘들다고 하였지. 그래서 숙제를 못해왔다고 멋쩍은 듯 머리를 긁적이고 ……. 용접 일을 해서 항상 눈이 충혈되어 있던 그를 걱정해 주던 일, 손가락을 다쳐 붕대를 감고 와서 마음이 아팠던 일…….

'사랑방 모임' 행사로 제부도에 갔을 때 있는 폼, 없는 폼을 재며 사진을 찍던 모습과 함께 멋지게 불던 휘파람 소리가 다시 들리는 듯하다. 한국 사람보다 더 잘 부르던 가요, 그의 말대로 부모님께 순종하는 사람이 되고, 국민, 국가, 종교를 위해 필요한 사람이 될 수 있도록 그를 위해 이 시간 기도해야겠다.

패드릭의 편지는 가르치면서 배우고 배우면서 가르치는 봉사의 기쁨이 무엇인지 일깨워 준 소중한 글이다.

향기를 찾는 사람들

매월 마지막 금요일은 각박한 현실에서 삶의 향기를 느끼는 날이다. 아름답고 소중한 만남인 사계수필 문학회 회원의 정기모임의 날, 진솔한 체험을 수필이라는 그릇에 담아 음미하고 느끼며 공감하는 시간이다.

글쓰기가 좋아서 모인 사람과 그들에게 아낌없는 가르침과 열성으로 이끌어주는 분이 계시기에 그 빛깔과 향기는 날이 갈수록 더 짙어지는 것이리라. 그때마다 삶은 누군가의 희생과 사랑으로 더 풍성하고 윤기가 흐름을 새삼 느끼게 된다.

모임 날이면 약속 장소에 가장 먼저 와서 회원을 기다려 주시는 분이 계시다. 결코 젊은 나이가 아니면서도 젊어 보이는 외모와 영국 신사풍의 위엄까지 갖추신 분이다. 서너 시간까지 이어지는 작품 소개와 평하는 시간에 가장 진지하면서도 칭찬과 격려로 열정을 쏟으시는 그분은 서울교대 정길남 교수님이시다.

살면서 문득 느껴지는 인연 중에 '참 소중하고 귀한 만남'으로 떠오르는 분이 있다. 그 분 중에 한 분인 정교수님과의 만남은 신의 또 다른 축복이라 여겨진다. 나뿐만이 아니라 사계수필 문학회 회원 모두에게도 마찬가지일거라는 생각은 결코 혼자만의 착각은 아닐 것이라고 생각된다.

지난 여름방학 때의 일이다. 두 대의 승용차로 지리산 여행을 떠난 우리 일행은 2박 3일의 짧은 여정이었지만 오랜 시간 정을 나눈 사람보다 더 깊은 정과 추억을 만들고 왔다.

출발 전부터 도착할 때까지 콘도예약에서 손수 운전기사까지 자청하셨던 교수님의 활약은 여행 첫날부터 대단했다. 여행이니까 그냥 즐겁게 놀다 가려니 생각했던 우리에게 저녁식사가 끝나자마자 작품을 내놓으라고 하시며 수필 공부를 지도하셨다. 시간이 흐를수록 더 진지해지고 어느덧 세 시간이 지나 자정이 넘어서야 겨우 끝내시는 데 '휴우' 한숨이 절로 나왔다. 그런데 한숨 뒤끝에 느껴지는 뿌듯함과 청량제 같은 시원함은 어디서 오는 걸까? 그 분의 철저한 성격과 사계수필 문학회에 대한 애정에서 우러나왔음을 깨닫는 데는 그리 긴 시간이 걸리지 않았다.

지리산 여행에서 또한 치밀함과 섬세함으로 함께 조화를 이루었던 이애경 총무의 역할은 두고두고 회자되고 있다. 여행 전에 밑반찬을 손수 만들고 때마다 솜씨 발휘를 해서 진수성찬의 식탁을 차려놓는 그녀에게는 다들 감탄사를 연발했다. '오징어 파전'의 그 기막힌 맛은 아직도 혀끝을 맴돈다. 거기에다가 비 온 뒤의 맑은 하늘처럼 상큼한 매력을 물씬 풍겼던 교수님 사모님의 역할은 더 한층 여행분위기를 고조시키곤 하였다. 스스럼없이 함께 어울리며 배꼽 빠질 정도로 웃음을 선사했던 농담 아닌 진담은 여자만의 가슴 속 비밀로 남겨둘 정도다. 그리고 바쁜 일정을 무릅쓰고 참석해서 즐거운 분위기를 만들어 준 황명자 선생님과 박성주 선생님의 매력 역시 신선한 충격이었다. 지리산 계곡에 울려 퍼지던 박선생님의 멋들어진 노래와 정감 있는 목소리, 감칠맛 나게 이야기하는 황선생님 역시 삶의 향기를 찾는 아름다운 모습임을 공감한 순간이었다.

쏟아지는 별빛 아래 둘 셋씩 짝을 지어 뱀사골 밤길을 걸어가며 나누었던 우리만의 대화는 영혼의 깊은 울림이 되어 퍼져 나갔다. 그리고 물보라를 일으키며 바위를 휘돌아 흘러가는 계곡의 물소리에 잠시나마 자신을 되돌아 본 낭만의 시간이기도 했다. 큰 바위에 누워 새벽하늘이 열리는 순간과 흘러가는 구름을 바라보며 한 순간 삶을 음미하였다. 그 때 말없이 새벽에 사라진 나를 찾아 헤매었던 회원들의 질책조차 아름다운 추억으로 되살아난다. 장소 제공과 기사까지 자처한 교수님의 따뜻한 마음과 배려가 무척 고마웠다.

제2의 석굴암이라 불리는 칠성사와 안개 낀 노고단 정상의 풀꽃들, 산을 휘감고 피어오르던 구름을 보며 느꼈던 생의 무상함도 잊을 수가 없다. 또 한 번 말없이 노고단을 향해 출발한 나와 김정 레 선생님을 찾으려고 족히 두 시간을 헤맨 회원의 걱정 어린 불만은 안개 속에서 한마음이 되어 가슴속 향기로 남아있으리라 생각된다.

집으로 돌아오는 날의 교수님의 맹활약은 한마디로 눈물겨웠 다. 간단히 휴게실에서 점심을 먹기로 한 계획을 취소하고 이왕이 면 그 유명한 전주비빔밥을 먹고 갔으면 좋겠다는 즉석 의견이 채택되었다. 전주 시내로 들어간 그 분의 차는 들어섰던 도로에서 되돌아가기를 여러 번, 그 때마다 차를 정지시키고는 지나가는 사람에게 물으시곤 하셨다. 뒤따라가던 난 '아무 곳이나 들어가서 먹으면 될 텐데……' 속으로 중얼거리며 차를 놓치지 않으려고 조바심을 하며 따라갔다. 무려 한 시간이나 헤매면서 찾은 끝에 '중앙회관'이라는 음식점에 도착했다. 피곤함도 잊으시고 맛있게 식사하는 우리 일행의 모습을 바라보시며 기뻐하시던 모습에서 느껴지던 감동은 지금도 잊히지 않는다.

얼마 전에는 스승의 날을 즈음해 찾아 간 회원을 위해 손수 밥을 짓고 상을 차려 반갑게 맞이해 주시는 넉넉함과 변함없는 따뜻함을 보여주셨다. 그 뿐 아니라 의욕을 불러일으키고자 책 발간까지 주선해주며 회원 개개인에게 정성과 애정을 쏟으며 이끌 어주시는 교수님이 계시기에 사계수필 문학회는 날로 그 빛을 발 하고 있다.

희망의 집

인생에서 기쁨보다는 고통과 고달픔이 더 많은 게 우리의 삶이다. 그러나 순간의 기쁨이나 좀 더 나은 미래를 향한 희망과 꿈이 있기에 그 어려움도 견디며 사는 게 아닐까 싶다.

작년 가을학기부터 올 한 학기까지 매주 즐거움으로 찾아간 곳이 있다. 성동구 왕십리에 있는 '성동외국인 근로자 센터'이다. 국적과 나이와 성별을 불문하고 누구든지 와서 배우고 쉬어 가는 곳, 외국인 근로자들이 '우리들의 천국'이라고 부르는 곳이다. 고향을 떠나 부모형제, 사랑하는 가족들과 헤어져 먼 이국땅에서 외로움과 힘든 생활을 하는 이들을 따뜻하게 품어주는 둥지이다.

나는 이곳을 '아름다운 희망의 집'이라고 부른다. 그리고 내 마음의 꽃밭에는 모두가 한 송이 꽃이 되어 소박하게 피어 있다. 어울려 조화를 이루는 평창 우리 집 둔덕에 무리 지어 피어난 하얀 냉이 꽃이나 망초 꽃처럼, 때로는 낮은 사랑이 가장 깊고 순수한 사랑임을 깨닫기도 하면서⋯⋯. 항상 나눔 속에서 베풂을 실천하는 네 분의 식구들과 자원봉사 선생님들의 마음들이 울타리가 되어 사랑이라는 향기를 은은히 풍긴다. 활짝 열려 있는 문을 들어서면 찾아오는 모든 이에게 늘 넉넉한 웃음으로 반갑게 맞아주는 이춘섭 관장님의 낯익은 한복이 눈에 띈다.

"홍 선생님, 오셨어요."

상큼한 미소로 반색하는 경쾌한 목소리의 주인공은 김혜원 선생님이다. 재치와 미소로 분위기를 부드럽게 하는 이은하 선생님의 비바체의 손놀림과 어려움을 해결해주는 선동수 선생님의 모습이 조화를 이룬다.

"안녕하세요."

여기저기서 인사소리가 반갑게 들리고 모처럼 만난 자국 학생들은 서넛, 네 댓 명씩 모여 이야기꽃을 피우느라 여념이 없다. 국경, 나이 성별을 초월한 인류애가 결코 크지 않은 이 공간에서 이루어지고 있음을 느낀다.

하루에 약 백 이십 여명의 사람들이 드나드는데 가장 이색적인 풍경은 수업장면이다. 어느 반 할 것 없이 너무나 진지하게 수업에 임하는 학생들의 모습에 열기가 넘친다. 우리 반이라고 예외일 수 없다.

"안녕하세요. 일 주일 동안 잘 지내셨어요?"

"네. 선생님!"

"힘들었어요."

"피곤해요."

"그래도 괜찮아요."

"한국말 배우면 재미있어요."

한 주 동안 하루에 열 시간 가까이 일한 탓인지 얼굴에는 피곤한 기색들이 역력하다. 하지만 목소리와 표정들은 밝고 활기가 넘친다.

"먼저 출석을 부를게요."

"아데씨, 인드라씨, 마디씨……"

끝까지 부르고 나면 여기저기서 대답소리가 들린다.

"지금 일해요."

"친구 결혼식 갔어요."

절반 이상이면 출석률이 높은 편이다.

'얼마나 힘들고 쉬고 싶을까 전화라도 해봐야겠다.'

힘들고 쉬고 싶은 걸 무릅쓰고 배우겠다고 와서 앉아있는 모습에 측은지심이 인다. 그 마음은 잠시 뿐이고 열심히 따라 읽고 듣는 모습이 희망으로 가득 차 있음을 느낀다.

"만약에 로또 복권이 당첨된다면 어떻게 하실 건가요?"

"지금 베트남으로 가서 가족들을 만나겠어요."

"고향에 가서 결혼하겠어요."

"베트남에 돌아가서 대학공부를 하고 싶어요."

"태국에 가서 부자로 잘살고 싶어요."

짧게는 이 년에서 길게는 칠 년이 넘도록 부모형제를 보지 못하고 돈을 벌어 가겠다고 '코리안 드림'을 꿈꾸고 온 이들이다. 아직 미혼인 학생도 있지만 부인과 아들을 두고 온 이, 어린 딸을 두고 와서 밤마다 잠을 못 이루는 이, 사연도 구구절절 하지만 마음을 쉽게 열지 않아 그들의 아픔을 다 헤아릴 수는 없다. 그러나 돈을 벌어 가족의 생계와 형제의 학비로 보낸다는 사실에는 너나 할 것 없이 공통적인 사연이다. 대학을 나와서도 일자리가 없어 독일 광부와 간호사로 그리고 중동으로 떠났던 우리네 지난 역사를 보는 듯하다. 그리고 점점 잃어 가는 '효'와 '우애' '희생' '가족 애'를 잔잔한 감동으로 느끼게도 한다.

"선생님, 엄마 보고 싶어요."

"선생님. 애인 보고 싶어요."

지난 유월 인도네시아로 돌아간 아데씨는 애인과 결혼식도 올리고 보고 싶은 엄마도 만났지만 이제는 국제전화를 걸어 한국을 그리워한다.

"선생님, 보고 싶어요. 인도네시아 언제 오세요. 한국에 다시 갈 거예요."

선생님이 보고 싶어서 편지를 정성스럽게 썼다는 판광허이씨, 일주일마다 '수고하셨어요.'라고 음악메일을 보내주고 베트남 막국수와 만두로 두 번이나 대접해 준 원 탐담씨와 누나, 그리고 쉬는 시간이면 차를 들고 와 대접하던 우리 반 학생들의 그 소박하고 순수한 마음은 잊을 수가 없다.

'제부도'와 '남한산성'의 사랑방모임, 송별식을 겸한 노래방에서의 열창들, 문화탐방, 한마음 체육대회 등 모든 게 잊지 못할 추억들이다.

"고맙습니다. 감사합니다."

언제나 내 마음을 촉촉하게 적셔주는 말들과 함께 그들에게 희망을 심어주는 집이 '성동외국인 근로자센타'이다. 언제든 그리우면 다시 가리라 생각하며 아쉬운 이별과 함께 추억에 잠겨본다.

교실 창가에서
속삭임을 듣다

"선생님! 창문 밖을 내다보지 마세요. 조금 후에 저희들이 선생님하고
부르면 그 때 창문 아래를 내다보세요. 그때까지 절대로 창문 밖을
내다보시면 안 돼요 꼭 약속해야 해요"

낙엽

나는 낙엽을 좋아한다. 고즈넉한 산사나 오솔길에 쌓인 낙엽을 바라보는 것도 좋아하고, 바스락거리는 소리를 들으며 호젓한 길을 걷는 것도 좋아한다. 그리고 낙엽을 태우며 그 냄새에 흠뻑 취하는 것은 더 좋아한다.

이년 전 두 팔을 엇갈려 감싸 안을 정도로 찬바람이 불던 어느 날이다. 2교시가 막 끝나갈 무렵 운동장 쪽 창문 틈을 타고 교실로 번져오는 냄새가 코끝을 자극하기 시작했다. 냄새를 따라 창가 쪽으로 다가가니 운동장에서 학교 아저씨 두 분이 낙엽을 태우고 계셨다.

'아! 낙엽 타는 냄새였구나.'

가벼운 탄성과 함께 코끝을 벌름거리며 냄새를 맡기 시작했다. 스포이트를 통해 번져나가는 청색 물감의 여운처럼 교실 전체로 스며든 낙엽 타는 냄새에 취해 하루를 행복하게 보냈다. 내 마음을 따라온 구수한 고향의 냄새였던 낙엽 타는 냄새는 그 다음 날도 창가로 스며들며 나를 유혹하기 시작하였다.

'아이들을 자습시켜 놓고 나갈 수도 없고, 설사 자습시켜
  나간다고 해도 교장선생님이나 교감선생님께 들키기라도
  한다면……'

'궁하면 통한다고 하던가.'

아이들 책상 위에 놓인 연을 바라보다 연날리기를 핑계 삼아 운동장에 나갔다. 연날리기를 시켜놓고 낙엽 태우는 곳에 가서 낙엽 타는 냄새를 맡으려고 했는데 일 학년 꼬마들이 내 마음을 알고 내 뜻대로 하게 내버려둘 것 같지가 않다.

"운동장을 마음껏 뛰며 신나게 연을 날려보세요."

그 말이 끝나기가 무섭게 실이 서로 엉켜 연줄이 끊어졌다는 아이, 연이 잘 날리지 않는다는 아이들이 하나 둘 모여들기 시작했다. 말로는 연을 어떻게 만들고 날릴 때는 바람을 잘 이용해야 한다며 말했지만 어린 시절 연을 날려보고는 여태껏 날려본 적이 없는 나로서는 난감할 뿐이었다. 모르면서도 아는 척하며 대충 실을 묶어주기도 하고 바람이 부는 쪽으로 높이 들고 다시 해보라며 등을 뛰다 밀기도 하였다. 점입가경이라고 하던가.

"'안돼요."

"못 하겠어요."

몰려드는 아이에게 둘러싸여 쩔쩔매고 있는데 목소리 크기로

유명한 기사 아저씨가 혀를 끌끌 차며 아이들을 오라고 손짓하고 계셨다. 나는 창피함과 무안함을 달리 표현할 길이 없어 멋쩍은 미소만 지었다.

"저 아저씨가 잘하시니까 가서 해달라고 해."

연날리기에 미련이 남은 아이들을 아저씨께 보내고 나머지 아이들을 몰고 노란 은행잎이 수북이 쌓인 화단으로 갔다.

"지금부터 선생님하고 은행잎 싸움할거예요. 신나게 던져보세요."

처음에 무슨 말인지 알아듣지 못하던 아이들이 내가 던지는 은행잎에 얼굴을 맞고는 나를 향해 공격하기 시작했다. 깔깔거리며 웃는 소리, 큰소리를 지르며 서로 쫓고 쫓기며 한바탕 전쟁터와 같은 난장판 축제를 펼쳤다. 대부분의 아이가 제일 재미있었던 기억으로 남긴 이 일이 내게는 며칠 동안 머리를 감아도 흙먼지가 계속 나온 낙엽이 가져다준 하나의 추억이다.

계속 하기를 원하는 아이들을 남겨두고 낙엽을 태우는 곳으로 발걸음을 옮겼다. 그곳에는 이미 낙엽을 태우며 사색에 잠겨 있는 분이 한 분 계셨다.

'늦가을 날의 철학자'의 모습을 한 군자 베스트 드레스로 불리는 멋쟁이 교장선생님이시다. 낙엽을 태우며 서 계신 모습이 경건함과 함께 인생의 고독함을 불러일으키기라도 할 듯한 한 폭의 그림 같았다. 사색의 시간을 방해해서는 안 된다는 생각을 하면서도 어제부터 낙엽 타는 냄새에 현혹된 탓에 염치 불구하고 그 분이 계신 앞쪽으로 다가갔다.

"교장선생님, 낙엽 타는 냄새가 매우 좋아서 냄새 맡으려고 왔어요."

아무 말씀도 없이 계속 생각에 잠기신 채 서 계신다.

"교장 선생님! 공부도 중요하지만 아이들에게는 행복한 추억을 남겨주는 것이 더 중요하다고 생각하거든요. 먼 훗날 세상을 살아가다 힘들 때 행복했던 추억이 무척 큰 힘이 된다고 했어요."

그냥 미소만 지으신 채 듣고 계신다.

"저희반 아이들하고 은행잎 싸움을 했는데 아이들이 너무 신나 해요."

'도둑놈 먼저 제 발 저리다.'

수업시간에 아이들끼리 내버려둔 채 낙엽 타는 냄새나 맡겠다고 왔으니 궁색한 변명 아닌 변명부터 늘어놓을 수밖에……. 쉴 새 없이 종알대는 나의 이야기에 가끔 고개를 끄덕여 주실 때마다 수업과 교사라는 부담감에서 벗어난 듯 마음이 편안해진다. 낙엽 타는 냄새와 함께 어린 시절의 향수에 젖었다. 우중충한 회색 도회지 생활에서도 자연은 한순간이나마 느끼고 살라는 교훈을 준다는 생각이 든다. 가끔 고개 들어 바라다본 아이들의 모습은 무척 행복해 보였다. 그날, 낙엽 타는 냄새에 흠뻑 취할 수 있었다는 사실만으로도 교장선생님께 감사드리고 싶은 심정이다.

"여기에 고구마를 구워 선생님들과 함께 먹으면 맛있을 거야."

혼잣말처럼 하시는 말씀과 동시에 쉬는 시간 종이 울리고 나는 아이들과 함께 교실로 향했다. 하루 종일 온 몸에 낙엽 냄새를 풍기며 마주치는 선생님들께 낙엽 타는 냄새 맡아봤느냐고 약 올리듯 너스레를 떨었다.

다음 날 교장선생님께서는 태우는 낙엽 불 속에 고구마를 구워 전 교직원에게 맛과 향기의 낭만적인 시간을 만들어 주셨다. 항상 베풀기를 좋아하고 생활화하시는 그 분의 따스한 한 면이다. 삶을 관조할 줄 알고 그 가운데서 여유와 정을 베풀 줄 아는 귀한 마음을 배워보려 하는데 잘 될지 모르겠다.

해마다 늦은 가을날이면 산자락 마을에 피어나던 저녁연기의 따스함처럼 낙엽 타는 냄새를 떠올리며 기도하는 마음의 시간을 가져보련다.

따뜻한 이야기

    재수술을 예약한 채 막내딸을 집으로 데려왔습니다. 아무것도 먹지 못하고 파리해진 얼굴의 딸을 바라보니 가슴이 미어집니다. 허리디스크가 심해서 거동이 불편한 아내의 통곡 소리를 뒤로하고 밖으로 나왔습니다. 그냥 엉엉 소리 내어 울고 싶지만 주위 시선이 두려워 울지를 못합니다. 두 볼 위로 흐르는 박씨 아저씨의 힘든 이야기를 듣고 너무 마음이 아프시다며 도움을 주자고 눈물을 흘리시던 교장선생님, 숙연한 모습으로 듣고 있던 선생님들, 내 일같이 동참해서 도움을 주셨던 학부모님들의 아름다운 마음이 담겨 있습니다. 천만 원이 넘는 성금을 모아 고통을 조금이나마 나누고자 했던 작은 실화입니다.

    이른 아침입니다. 박씨 아저씨는 아무도 없는 운동장을 지나 일터인 잠동 초등학교 급식실로 향합니다. 함께 근무하는 아줌마들보다 30분 일찍 출근해 하루의 일과를 준비합니다. 힘도 들고 보수는 아주 적지만 마음은 행복합니다. 오늘도 맛있게 점심을 먹을 천사백여 명의 학생들의 식사준비를 한다는 사실이 마냥 기쁘기만 하답니다. 하얀 위생복을 입은 아저씨는 아이들의 재잘거림과 행복한 표정을 가만히 지켜보고 잠시 휴식시간을 가집니다. 왕방울만 한 눈망울을 굴리며 늘 변함없는 표정으로 일 년 팔 개월을 그 자리를 지키고 있습니다. 누군가 아저씨께 인사라도 하면 그저 반갑지만 아는 체 하는 사람은 거의 없습니다.

그런데 며칠 동안 아저씨가 보이지 않습니다. 웬일일까요? 우리 한 번 궁금한 마음을 가지고 아저씨 이야기를 들어보지 않으실래요.

아저씨는 고아였고 보육원을 하는 양부모를 만나 지금의 이름을 가졌습니다. 중학교 1학년이 될 때까지는 오십 여 명의 다른 고아들과 제주도에 있는 보육원에서 생활을 하였답니다. 지금도 아저씨의 소원은 친부모를 한 번이라도 만나고 싶은 것인데 만날 수 없어 그때마다 설움이 북받쳐 울곤 하십니다.

중학교 1학년 때 보육원을 뛰쳐나온 후 구두닦이. 신문배달, 광고 전단 붙이기 등 힘들고 험한 일은 다 하였습니다. 아무도 원망하지 않고 열심히 살았지만 늘 배가 고프고 추위에 떨곤 하였지요. 그러다 천호동의 작은 교회 목사님을 만나 교회 일을 도우면서 살았답니다. 열심히 기도하고 하나님을 믿으며 감사하고 살았는데 목사님과 사모님이 교회 돈을 가지고 도망을 가버렸어요.

교회에서 쫓겨난 아저씨는 목사님의 어머님인 할머니까지 모시고
낮에는 손수레를 끌며 짐을 나르는 일을 해서 할머니를 부양했답
니다.

얼마 뒤 할머니는 떠나고 아저씨는 농사일하는 집에 머슴으로
들어갔습니다. 논 삼천 평, 밭 사천 평의 큰 농사일을 혼자서 해냈
습니다. 그것뿐만이 아닙니다. 가축을 돌보는 일, 청소와 온갖 궂
은 일은 도맡아 해야 했습니다. 주인집에서는 먹고 자는 일만 제공
했을 뿐 돈도 한 푼 주지 않았습니다. 항상 아저씨가 장가갈 때쯤
이면 장가도 보내주고 그때 한꺼번에 돈을 쳐주겠다고 말로만 약
속한 거지요. 지금도 아저씨가 가장 후회스럽고 마음 아픈 일은
보육원 원장님인 양아버지의 부음을 듣고도 주인이 보내주지 않아
서 가보지 못한 일이랍니다. 키워준 부모도 부모인데 늘 마음이
아프다고 하시며 눈물을 흘리십니다.

어느 덧 이십 년이라는 세월이 흘러 아저씨는 군대에 가게 되었
고 군대 제대 후 지금의 부인인 아주머니와 결혼을 하시게 되었습
니다. 열심히 성실하게 일하는 모습을 본 주인집 친척인 장모님이
사위로 삼으신 거지요. 아저씨는 가족이 생겨서 너무 기쁘고 행복
했답니다. 그런데 장가도 보내주고 돈도 주겠다던 주인은 돈 한
푼도 주지 않고 그냥 나가라고만 해서 아저씨는 빈 몸으로 부인과
함께 쫓겨나는 신세가 되었습니다. 주인이 아무것도 해주지 않아
무척 섭섭하고 속상했지만 마음속으로만 눈물을 흘렸답니다. 그

때는 아저씨를 도와줄 사람이 아무도 없었으며, 이십 년 동안의 고생이 헛수고로 끝났답니다. 그래도 남을 원망할 줄 모르는 착한 아저씨는 제재소에 취직해서 열심히 일을 했습니다. 그런데 삼 년이 지난 어느 날 제재소에 불이 나서 직장을 또 잃게 되었답니다. 이때부터 아저씨는 막노동을 시작했어요. 무슨 일이든 닥치는 대로 열심히 했답니다. 부인 역시 난전시장에서 물건을 파는 일을 했지요. 일도 힘들고 살아가는 일이 힘이 들었지만 딸과 아들의 재롱을 보며 더 열심히 살았습니다.

그래도 생활이 어려워 아저씨는 육 년 동안 일 년 내내 40도가 넘는 사막의 나라인 쿠웨이트와 부르나이아에서 육년 동안 건설 현장에서 땀을 흘리며 일을 하셨습니다. 얼마 되지 않는 돈이지만 꼭꼭 부인한테 부치고 돌아와 보니 부인이 열심히 아껴 저축하고 난전에서 장사한 돈을 모아 지금 살고 계신 시영아파트 13평에 입주하시게 되었답니다. 아저씨는 먼 외국에서 부인은 시장 난전에서 피땀 흘려 노력한 결과였어요. 이때부터 아저씨는 막일과 행상을 하시다 공공근로 일을 하시게 되었답니다. 1년 8개월 전에 우리 학교에 공공근로 일을 하시다가 열심히 일을 하시는 모습이 서무부장님 눈에 띄어 학교 급식실에서 일하시게 되었지요.

이렇게 열심히 착하게만 살아온 아저씨에게 가혹한 시련은 끊임없이 일어났어요. 부인이 그동안 고생을 많이 한 탓이지 허리디스크에 걸려 제대로 걸을 수가 없게 되었답니다. 나가서 돈을 벌수는 물론 없고요. 고등학교에 다니던 막내딸이 학교를 중퇴하고 취직을 해서 생활비와 엄마 약값을 보탰답니다. 아픈 부인을 돌볼 사람이 없어 언니 되시는 분이 가끔 돌보아 주셨는데 그분도 신장을 떼어 아들에게 주고 당뇨병이 있으신 분이랍니다.

　이런 환경 속에서도 아저씨는 묵묵히 자기 일에 전력을 다하면서 우리 학교 학생의 식사준비에 온 힘을 기울였지요. 한 번도 결근한 적이 없는 아저씨였는데 며칠 동안 학교를 못 나오시더니 이번에는 학교를 그만 두시겠다하십니다. 시집도 가지 않고 부모님을 위해 생활비를 벌던 막내딸이 갑자기 숨이 막혀 병원에 갔더니 '급성 심근경색'이어서 급하게 수술했는데도 동맥이 터져 버리는 불행한 일이 생겼답니다. 앞으로 재검사와 재수술이 남았는데 잘못되면 목숨을 잃을 수도 있다는 거예요. 딸이 서른두 살이 되도록 시집도 가지 않은 것만도 가슴이 아픈데 죽을지도 모르는 지경이 되었으니 아저씨 마음이 얼마나 아프신지 통곡을 하셨대요. 그런데 가장 큰 문제는 당장 먹고 살 생활비며 딸의 수술비, 부인의 치료비가 하나도 없다는 딱한 사정입니다.

　박씨 아저씨는 현재 우리 학교 급식실에서 여러분을 위해 땀을 흘리며 일하시는 분입니다. 어렵고 힘든 환경에서도 남을 원망하지 않고 남보다 열심히 살아온 아저씨를 위해 우리 모두 정성을 모아 도와주지 않으렵니까?

2002년 3월 26일

서울 잠동초등학교 전교어린이 회장 이 홍 구

　전 세계적으로 경제가 어려운 시기이다. 한울타리에서 어려움
을 겪는 사람을 위해 마음으로나 물질로나 서로 돕는 마음이 필요
한 때이다. 어려운 시기를 함께 겪었으면서도 눈물로써 그 아픔을
이해하셨던 교장선생님의 연민의 정이 잊혀지지 않는다. 그리고
주어진 현실에 최선을 다하며 살아오신 박씨 아저씨의 성실함과
함께 어려움 속에서 희망을 잃지 않게 정성으로 도움을 준 학부모
님들의 사연이 따뜻한 이야기로 내 마음속에 남아있다. 희망의
끈을 놓지 않는 것이 삶의 큰 재산이라는 생각이 든다.

마음 다스리기

    바람에 나부끼는 나뭇잎들 사이로 가을 햇살이 쏟아진다. 높고 청명한 하늘은 어느새 시린 가슴으로 다가오고 서늘한 기온이 손끝을 감싼다. 침잠해 버릴 것 같은 마음을 다스리려고 오랜 시간 힘들여 익힌 옛 성현의 글을 음미한다.

    視箴(시잠)
    心兮本虛(심혜본허)하니 應物無迹(응물무적)이라
    操之有要(조지유요)하니 視爲之則(시위지측)이라
    弊交於前(폐교어전)하면 其中則遷(기중측천)이니
    制之於外(제지어외)하야 以安其內((이안기내)리니
    克己復禮(극기복례)하면 久而誠矣(구이성의)리라
    -程正叔-

    마음은 본래 텅텅 비어 있으니, 물질에 갔다 와도 자취가 없다. 그를 잡는 데는 요점이 있으니, 보는 것이 법칙이 된다.

앞에서 어른거리면, 마음이 이리저리 옮겨지니

제지하기를 밖에서 하고, 그로써 그 마음을 편안하게 해야 한다.

자기 자신을 이기고 예에 맞게 하면, 오래 오래 정성스러워진다.

聽箴(청잠), 言箴(언잠), 動箴(동잠)을 연이어 외우고 나면 마음은 清靜밭이 된다.

'성현의 길에 이르는 길'이라는 뜻이 담긴 이 글은 儒家의 4대 성현(孔子, 孟子, 程子, 朱子)중 程子(정자)는 북송 때의 사람으로 형제다. 이름은 頤(이)고, 호는 正叔(정숙)인 동생 伊川(이천)선생이 공자의 四勿(非禮勿視, 非禮勿聽, 非禮勿言, 非禮勿動,)에 대해 쓴 경계하는 문장으로 깊고 그윽한 향기가 느껴진다.

학교 후문을 들어서며 명심보감 몇 구절을 읊어본다.

知足常足(지족상족)이면 終身不辱(종신불욕)하고 知止常止(지지상)면
終身無恥(종신무취)니라
若要人重我(약요인중아)인대 無過我重人(무과아중인)이니라
萬事從寬(만사종관)이면 其福自厚(기복자후)이니라
一日淸閑(일일청한)이면 一日仙(일일선)이니라

'내 자신을 알고 늘 감사하며 살자. 내가 소중하듯 아이들을 소중하게 여기자. 그들의 개성을 인정하고 너그러움으로 대하자'

인사하며 들어서는 아이들의 얼굴이 햇과일처럼 싱그럽다.

강동교육청 열려라 강동 2006년 9월 13일자에 실었던 글이다.

무더운 여름이 지나고 가을이 시작되면서 나의 지병인 가을앓이
가 시작된다. 속수무책의 마음을 조금이나마 다잡아보려고 청계
산 자락에 자리 잡은 한국학 중앙연구원 청계서당을 다니며 마음
공부를 시작했다. 명심보감과 격몽요결을 배우는 일 년간의 기초
과정에서 성현의 말씀을 배우고 성독하였다. 매주 화, 목 세 시간
의 시간은 배우는 즐거움과 함께 마음 다스리는 공부였다. 겨울
어느 날 훈장님께서 꼭 외우라고 주신 사물잠의 글을 외우느라
얼마나 힘들었는지 모른다. 그런데도 돌아서면 또 잊어버리고 또
다시 반복하느라 아침 출근길에 외우곤 하였다. 논어, 대학, 중용,
맹자를 배우는 이 년의 연구과정도 끝냈지만 기초 과정 때 배웠던
이 글이 마음에 들어 마음이 허하거나 울적할 때 외우곤 한다.
목마를 때 마시는 청량제 같은 글이라 좋아하는 글이다.

"만약 내가"

오래 전 일기장 첫 장에 옮겨 썼던 시 한편을 신문에서 다시 읽게 되었다. 가슴 뭉클함 속에서 수첩에 옮겨 적고는 가끔씩 음미하며 읽는다. 삶을 살아가는 나의 생활관이자 교사로서의 마음 자세를 일깨워 주는 글이기도 하다.

If I can stop one heart
from breaking.
I shall not live in vain.
If I can ease one life
the aching.
or cool one pain.
or help one fainting
robin onto his nest.
I shall not live in vain.

- Emily Dickinson -

만약 내가 한 사람의 가슴앓이를
멈추게 할 수 있다면,
나 헛되이 사는 것은 아니리.
만약 내가 누군가의 아픔을 쓰다듬어 줄 수 있다면
혹은 고통 하나를 가라앉힐 수 있다면
혹은 기진맥진 지친 한 마리 물새를
둥지로 되돌아가게 할 수 있다면,
나 헛되이 사는 것은 아니리.

"우리 인생에서 참으로 소중한 것은 어떤 사회적인 지위나 신분 소유물이 아니다. 우리 자신이 누구인지를 아는 일이다."

법정 스님의 말씀이다.

지식은 중요하지만 그것보다 더 소중한 것은 참된 인간이 되는 게 아닐까? 맑고 밝은 마음으로 자라나는 동심, 그 속에서 키우는 꿈과 희망!

이십육 년간의 교직 생활에서 내가 실천하고자 하는 바람이다. "마음이 이슬처럼 맑은 아이는" 일주일에 한 곡씩 외워 부르는 동요 속에서 그리고 한 편의 동시 속에서 나 역시 동심이 되어 행복감을 느낀다. 마음을 주고받는 '사랑의 편지 글'에서 부모와 어른에 대한 공경심, 우애와 우정을 키우는 소중한 서른일곱 명의 우리 반 아이들이 있어 나는 행복하다. 그들에게 먼 훗날 초등학교 시절이 추억과 그리움이 될 수 있게 나직이 If I can을 읽으며 사랑의 마음을 키운다.

열려라 강동에 실린 글이다.

한 편의 시가 내 마음을 대신할 때가 있다. 논리적인 글이나 잔잔한 감동을 주는 산문 글이 아니라도 내 삶의 염원과 방향을 가리키기도 한다. 이 세상에 태어나서 사회나 국가에 큰 업적을 남기거나 이름을 떨치는 것도 가치가 있다. 큰 능력을 갖춘 사람은 능력만큼 사회에 공헌하고 뜻을 펼쳐 큰일을 해낼 수도 있지만, 누구나 다 그럴 수는 없는 현실이다.

'신은 누구에게나 달란트를 준다.' 하셨던가.

어릴 적 내 꿈은 보육원 보모였다. 초등학교 시절 시장거리가 있는 내가 살던 동네를 중심으로 바다로 가는 길목에 보육원이 있었고 뒷산으로 가는 길목에도 보육원이 있었다. 동급생 중에는 전쟁통에 고아가 된 친구가 여러 명 있었다. 이름은 잊었지만 얼굴만큼은 되살릴 수 있는 친구들이다. 마음을 주고받았던 친구중에는 중학교 시절까지 보육원에서 학교에 다니는 친구가 있었다. 거기에다가 늘 불쌍하다며 집으로 데려와 밥을 먹이고 재워 보내던 할머니의 모습에서 남을 돕고 살아야 한다는 생각이 어린 마음에도 생겨났는지 모르겠다. 그 꿈은 이루지 못했지만 늘 마음속에는 내가 갖춘 능력은 크지 않지만 누군가에게 나의 존재가 기쁨이될 수 있다면 실패한 인생은 아니라는 생각을 가지게 되었다. 그때접한 이 시는 내 마음을 대변해 주었다. 초등학교 교사로서 내가맡은 아이들에게 꿈을 심어주고 나와 함께하는 시간이 행복한 기억으로 남을 수 있기를 바라면서 일기장에 써놓고 가끔씩 암송한다. 크고 화려한 것도 좋지만 작아도 소중한 것이 가치 있다며 자신을 위로하는 애송시다.

비누 거품과 동심

　이십구 년째 교사 생활을 하는 나에게는 아이들과 함께한 날만큼이나 사연도 많다. 일상처럼 느껴지는 사건이 있는가 하면 오랜 시간이 흘러도 입가에 미소를 머금게 하거나 가슴을 쓸어내리게 하는 일들이 있다.

　'일 학년 담임을 하면 십 년은 늙는다.'

　그 말이 그냥 나온 말이 아니구나 싶을 정도로 힘들 때가 많다. 그러나 그 순간이 지나고 나면 보석 같은 동심이라는 걸 알게 된다.

　다른 아이에 비해 유난히 야위고 까만 눈이 반짝이던 아이가 있었다. 엄마 아빠가 이혼하고 할머니 할아버지가 키우는 지훈이다. 불러도 대답도 잘 하지 않고 슬그머니 사라져버리기가 예사다. 사흘이 멀다 하고 집으로 전화해 찾기를 숨바꼭질하듯 애태우던 아이다.

수업을 진행하다 빈자리가 보이면 영락없이 지훈이 자리다. 방금 있었는데 싶어 고개를 숙이고 책상 아래를 찾아본다. 그때마다 입을 꼭 다물고 반쯤 감은 눈으로 쪼그리고 앉아 있는 지훈이를 발견하게 된다. 인내심을 발휘하여 부드러운 목소리로 걸상에 앉기를 여러 번 요구해도 들은 체 만 체다. 세상의 온갖 불만은 다 느끼고 있는 듯한 표정만이 흘끗흘끗 곁눈질로 바라본다. 그리고는 책상다리를 두 손으로 움켜쥐고는 나올 생각을 하지 않는다. 달래다 못해 내가 잡아 일으키면 소리를 지르거나 큰 소리로 울며 한바탕 소란을 피우고서야 겨우 자리에 앉는다. 그런 날 지훈이는 우유도 먹지 않고 급식 시간에 밥 한 숟가락도 먹지 않는다. 아무리 달래도 막무가내다. 먹는 것을 거부할 정도로 아이의 마음은 상처로 얼룩져 있었다. 오죽하면 할머니께 급식비 내시는 게 아까우니 집에 데려가 점심은 먹이시는 것이 어떻겠냐는 말씀도 드려 보았다.

지훈이는 아침에 등교해서 하교할 때까지 말 한마디 하지 않는 날이 많았다. 아이의 가슴에 부모한테 버림받았다는 상처가 바윗덩어리처럼 견고하게 자리 잡고 있었다. 할머니와의 수차례의 면담과 조부모의 지극한 관심과 애정에도 세상을 향한 아이의 벽은 더 높아만 갔다.

어느 날, 가방은 걸려 있는데 아이가 없었다. 복도를 다 둘러보고 화장실 문을 다 열어보아도 없어서 교실로 다시 돌아 올 때다.

위층으로 올라가는 계단 끝에서 희끄무레한 물체가 보여 빠른 걸음으로 가보니 아니나 다를까 지훈이다. 머리를 두 다리 사이에 푹 파묻고 계단 구석에서 앉아 있는 게 아닌가. 어디 가서 다른 아이들 수업도 못하게 말썽을 부리나 싶던 마음은 순식간에 사라졌다. 비에 젖은 아기 새처럼 웅크린 모습이 너무나 안쓰러웠다. 그 순간 품에 안고 다독거리고 싶어 이름을 부르며 다가갔다. 지훈이는 어느 순간 손에 힘을 주고는 건드리지 말라는 무언의 항변으로 버틴다. 쉬는 시간 종이 울릴 때까지 온갖 달콤한 말로 달래도 한마디 대꾸 없이 고개만 두 다리 사이로 더 깊숙이 넣는다. 마지막으로 엄마가 보고 싶어 그러냐고 물으니 고개를 끄덕이며 훌쩍훌쩍 운다. 막막함과 안타까움 속에 아이와 함께 속 울음을 삼키고 말았다.

부모의 사랑 외에는 어떤 보상으로도 치유되지 않을 것 같아 할머니와의 면담 끝에 지훈이의 아버지가 다녀갔다. 그리고 적어도 한 달에 한두 번은 집으로 돌아와 아이와 함께 하는 시간을 약속하였다. 아빠가 다녀간 뒤로 지훈이의 마음이 조금 풀렸는지 책상 아래로 숨는 버릇은 고쳐졌다. 간간이 복도에 머리를 박고 앉아 있는 경우는 있어도 횟수가 점차 줄어들기 시작하였다. 하물며 집에서 기르는 강아지도 주인이 사랑을 주지 않으면 먹지 않는다는데 부모가 아이를 팽개치고 말았으니 오죽했을까.

늦가을로 접어 들어가는 어느 날, 쉬는 시간이 끝나고 수업이 시작되었는데 지훈이뿐만이 아니라 서너 명의 남자 아이들이 보이지 않았다. 대부분 화장실에서 장난치고 노는 경우가 많아 화장실로 가보아도 아무 소리가 없다. 혹시 숨어서 노나 싶어 문을 열어보아도 보이지 않는다. 운동장으로 사 층까지 이어진 복도를 다 돌아다녀도 어디서 무엇을 하는지 알 수가 없다. 복도에서 교장선생님을 만났다. 아이들이 사라져서 찾고 다닌다는 내 말에 교직원 화장실에서 무슨 소리가 들리는 것 같다고 넌지시 일러주신다. 빠른 걸음으로 찾아가 남자 화장실 문을 여니 이런 황당한 일이! 입이 다물어 지지 않는다. 세면대에 물을 가득 틀어 놓고 지훈이를 위시한 세 명의 아이들이 물비누를 풀어 거품을 내며 장난을 하고 있다. 낄낄대며 신나는 표정이 너무 즐겁게 보여 나도 모르게 덩달아 웃음이 나왔다. 선생님이 나타나도 눈 하나 깜짝하지 않고 무지개 색깔이니, 내 풍선이 크니 등 종알종알 말도 많다. 소매 끝을 다 적시고도 거품 만들기에 여념이 없는 아이들 속에 묻혀 비누거품을 더 크게 만들어 주니 환호성을 지르고 난리다. 잠시 후 세면대를 치우고 아이들 손을 씻기고 나서 교실로 데리고 들어왔다. 오랜만에 아니 처음으로 지훈이의 환하고 신이 난 얼굴을 보니 맘 졸이고 찾아다니며 혼내 주리라 벼르던 마음도 거품처럼 꺼지고 만다.

그 날 이후 지훈이는 친구들과 이야기도 하고 어울려 딱지치기도 한다. 복도 끝에 가서 숨는 일도 없고, 급식 시간에 다 먹지는 못해도 먹지 않겠다고 떼쓰는 법도 없다. 비누거품이 마음의 상처를 어느 정도 씻어 주었나보다. 근본적인 치유는 되지 않았더라도 적어도 표면적으로는 그 장난으로 동심을 되찾은 지훈이는 여느 아이와 다름 없이 웃고 떠들고 장난치며 학교생활을 했다. 부모와 함께 살게 되었다는 반가운 소식은 없었지만 조금씩 마음의 상처를 딛고 적응해 나가는 지훈이가 한편으로는 안쓰러우면서도 다행이라는 생각이 들었다.

팔 년 전 그 일이 떠오를 때마다 비누거품은 지훈이라는 등식이 생겨난다. 무지갯빛의 동심으로 그려지며 조부모가 아닌 부모의 보살핌 속에서 행복하게 살고 있기를 간절히 기대해 본다.

사랑의 교실

　http://www.mengmul.com/8262/는 이십 년 전 부산에서 가르
쳤던 제자들이 만든 사이버 반창회 사이트다. 이십 년이라는 긴
세월의 벽을 넘어 지금은 서른세 살의 엄마나 아빠가 된 제자들을
만나러 가는 나만의 행복한 공간이기도 하다.
　인터넷으로 들어가 사이트를 찾아 클릭하면 제일 먼저 6의 2
라는 스마일 마크가 나타난다. 이름을 부르면 금방이라도 "예"라는
대답을 할 것만 같은 반가운 얼굴이 동영상으로 파도치듯 움직인
다. 너울너울 춤추는 달팽이 모양의 숫자와 함께 반가가 흘러나오
고, 그 아래 여러 개의 방이 가지런히 늘어서 있다. 6의 2, 가입하
기, 선생님 우리 선생님, 자유게시판이다. 자유게시판을 클릭하면
방문록을 위시하여 몇 개의 작은 방이 있다. 그 중에서 '선생님
우리 선생님 방'은 특별히 나를 위해 만들어 준 방이다.
　'선생님 하시고 싶은 말, 쓰시고 싶은 글, 근황 등을 적으세요.

우리가 자주 찾아갈게요.'

홈페이지를 만든 정민이의 의젓한 목소리가 전화선을 타고 들려오는 듯하다. 봄날의 아지랑이처럼 따뜻해지는 마음이다. 이어서 '개금 초등학교를 1982년에 졸업한 6학년 2반의 사이버 반창회입니다' 라는 문구가 나타났다 사라진다. 6~2는……? 다음과 같은 글이 눈길을 끈다.

사랑의 교실

이정민-

"맑고 고운 마음들이 함께 모여서……."

우리의 반가가 어떻게 세상에 나왔는지 이제야 알았습니다. 선생님께 다시 한 번 감사의 마음을 전합니다. 하지만 그렇게도 많이 불렀건만 한 구절밖에 기억이 나지 않음을 세월 탓으로 돌립니다. 이제 그 세월이 이십여 년이나 흘러 우리를 다시금 사랑의 교실로 불렀습니다. 문명의 이기에 때로는 이렇게 감사를 하게 되네요. 항상 사랑하고 감사하는 마음으로 2000년 마지막을 잘 정리하고 다가오는 2001년엔 소망하고 희망하는 모든 것이 이루어지길 바랍니다.

미국에서 홈페이지를 만들어 보낸 반장이었던 정민이의 글이다.

천구백팔십일 년 삼 월 이 일, 이십 년이 지났어도 가슴 설레게 하는 제자들과의 소중한 인연을 맺은 그 날의 감동을 고스란히 되살려주는 글이다. '사랑의 교실'은 우리 반의 상징이자 급훈이며 반가의 제목이다. 교직생활에서 가장 행복했던 순간이었음을 새삼 느끼며 아련한 추억에 잠겨본다.

첫 근무지였던 개금초등학교에서 사 학년을 맡은 후 오 학년을 따라 올라갔다. 첫 정은 미련이 많이 남는다든가? 학년이 바뀔 때마다 분반하여 아이들은 바뀌지만 헤어지기 섭섭하여 육학년을 희망하였다. 소원대로 육 학년 이 반을 배정받은 나는 가벼운 기대와 흥분으로 교실로 향했다. '누가 우리 반일까?' 이 년이나 삼 년째 똑같은 담임을 만났다고 실망하는 아이는 없을까? 그런 우려조차 해보지 않은 채 경쾌한 발걸음으로 계단을 올라갔다. 복도에서 긴 호흡을 한 번 한 후 살며시 앞문을 열었다. 그 순간 '아' 하는 감탄과 함께 터지는 박수소리, 환한 웃음을 보이며 꽃잎처럼 겹쳐지는 얼굴을 바라보며 천천히 교탁 앞에 다가 섰다. "인제 그만"이라는 말을 한 후에도 한참이나 계속되던 박수소리……, 오랜 세월이 흘렀어도 교향악보다 웅장하고 협주곡처럼 감미로운 찡한 감동의 음악을 들었다고 하면 이 순간이 아니었을까 싶다.

사랑의 의미는 다양하지만 학교에서 보여준 그들의 모습은 내게 사랑이라는 이름으로 다가왔다. 퇴근 후 집으로 돌아와 골똘히 생각에 잠겼다.

'그래, 우리 반을 사랑의 교실이라 부르자. 그리고 사랑으로 가르치자. 너희를 만난 기쁨을 무엇으로 전할까?'

한참을 고민하다 음악 노트를 꺼내 반가를 짓기 시작했다. 끝내고 나니 시계는 자정을 지나 새벽 두 시를 가리키고 있었다. 몇번을 고쳐가며 가사를 흥얼거리느라 새벽까지 잠을 설쳤다. 그다음날 아이들에게 1절에서 3절까지 가사를 칠판에 적어주고 일년의 아침을 반가로 시작한 기억이 난다.

'~푸른 꿈이 영글어서 익어 가던 곳 영원토록 못 잊으리 사랑의 교실'

졸업식 날 그들보다 더 목이 메어 불렀던 3절 가사의 끝 부분이다.

"꿈에 선생님이 담임선생님이 되는 꿈을 꾸었는데 학교에 와보니 진짜 선생님이 돼서 기분이 좋았어요."

"집보다 학교가 훨씬 좋아요. 일요일이 없었으면 좋겠어요."

아이들의 재잘거림에 철부지처럼 행복해 하던 시절이었다.

오른쪽 화면에 졸업앨범 사진과 단체사진이 올려져 있다. 홈지기 영대와 경훈이가 올려놓은 검은색 윗도리와 하얀 칼라의 교복을 입고 찍은 흑백사진이다. 다들 어떤 모습으로 변했는지 궁금하기도 하다. 교실 앞에서 찍은 단체사진을 보는 순간 나도 모르게 입가에 미소가 번진다. 어느 누구 할 것 없이 환하고 밝은 표정이다. 저 웃음 속에 어떤 기억을 간직하고 있을까? 그 아래 사진은 경로잔치를 할 때의 사진이다. 곱게 한복을 차려입은 은영이의 모습과 진지하게 악기를 연주하는 아이들의 표정이 어우러져 완공되지 않은 강당의 무대조차 초라해 보이지 않는다. 저 '밝음'과 '진지함'이 다시금 '한마음'으로 묶은 것이리라.

학년 대표 연구 수업, 학교 대표 경로잔치 연주회로 언제나 음악으로 시작해 음악으로 끝난 하루였고 일 년이었다. 반가로 시작해서 2부 합창이나 가곡 부르기로 끝나는 종례시간, 처음이자 마지막으로 싸움이라는 사건을 저지른 창수와 병노의 벌조차도 오르간 소리에 맞추어 '사랑은 언제나'라는 노래를 부르게 했으니…….

오늘은 누구의 어떤 사연이 들어있을까? 궁금해 하며 자유게시판을 클릭해본다. 그 옛날처럼 따뜻하고 정감이 넘치는 사랑의 교실이길 바라면서…….

선물

'선물'이라는 단어를 떠올리면 밝고 환한 노란 빛깔이 연상된다. 주는 즐거움과 받는 기쁨이 어우러져 기분을 한껏 고조시키기 때문이다. 가끔은 어쩔 수 없는 마음의 부담으로 다가오기도 하지만 예외적인 경우를 제외하고는 하늘을 두둥실 날아가는 노란 풍선을 바라보는 기분일 때가 많다.

유난히 감동을 잘하는 나는 선물을 줄 때나 받을 때 기쁨에 들뜨곤 한다.

"선생님, 사랑해요."

"선생님, 수고 많으세요. 감사합니다."

일상적이고 의례적인 말 한마디에도 고무되어 온 종일 행복한 마음으로 지낸다. 그 기분을 만나는 사람마다 전하니 주책이라고 생각하는 사람들도 더러 있지 않나 싶다. 굳이 선물이라는 표현을 쓰지 않으면서도 내 기분에 따라 선물을 하는 경우도 많다. 칠판 가득 '칭찬 편지'라며 우리 반 학생에게 편지를 쓰기도 하고 마음의 선물이라며 주위 사람한테 시 한 구절을 옮겨 적어 보내는 것은 다반사다. 혼자 읽기 아까운 책은 여러 권을 사서 마음 가는 이에게 전하기도 한다. 그리고 귀한 차라며 보온 물통에 가득 담아와 주위 사람과 나누어 마시기를 좋아하여 다정(茶亭)이라는 귀한 아호도 선물 받았다.

우리 교사들을 우울하게 한 올 스승의 날은 빛과 그림자의 날이었다.

'차라리 스승의 날을 없애지…….'

주위에서 들려오는 말이자 나 역시 하고 싶은 말이다. 교사를 매도하는 언론 매체의 기사와 '부패방지위원회'라고 하여 학교 교실까지 들어와 교사 서랍을 뒤지는 행위가 가져다 준 비애감이 그림자였다. 그런데 그림자 곁에는 빛이 함께 있어 더욱 귀한 날이 될 줄이야! 우리 반 아이들과 학부형으로부터 아주 특별한 스승의 날 선물을 받은 것이다.

"스승의 날 학교에 오시지 않는 것이 저를 도와주는 것입니다."

스승의 날 전날 걸려온 학부모 대표 엄마께 정중히 부탁했기에 가벼운 마음으로 교실에 들어섰다.

'축, 스승의 날'

'선생님 정말 사랑해요'

칠판 가득 오색 풍선을 꼬아서 만든 글과 풍선 꽃다발이 아이들

작은 감동 긴 여운

스승의 날을 맞아 편지를 받았다. 삼 년 전 제자였던 인수한테서
온 편지다.

그 당시 육 학년이었던 인수는 용모는 준수한 편이었으나 공부
에는 전혀 흥미가 없어 필기조차 제때 하는 법이 없었다. 하루가
멀다 하고 싸움질이고 거친 욕설은 듣기가 민망할 정도로 습관화
되어 있었다. 지나치리만큼 반항기가 있는 표정과 말투는 당혹감
과 함께 무척이나 나를 지치고 힘들게 하였다. 그런데 졸업식 날
엉엉 소리까지 내면서 우는 아이는 어이없게도 인수였다. 어찌
그리 쉽게 우는지……. 웃던 아이들조차 입을 실룩이며 따라 울게
한 아이다. 졸업을 한 이후에 가끔 찾아오기도 하고 스승의 날이면
장미꽃 세 송이를 들고 와서는 유순하고 점잖은 모습으로 앉아
있다가 사라지는 기특한 면도 있다.

'스승의 날 장미꽃 세 송이를 들고 왔다 갔는데 웬 편지를……?'
초등학교 저학년보다 더 균형이 잡히지 않은 필체를 보며 기대

없이 편지를 꺼냈다. '선생님께'가 아닌 '스승님께' 라는 호칭으로 시작된 편지를 한 줄 한 줄 읽어 내려가는 동안 세련되지 못한 글씨가 보석보다 영롱하게 감동이라는 빛을 발하기 시작했다.

'항상 바른길로 이끌어 주시려고 하신 은혜를 잊지 않겠습니다.'

초반의 글은 중학생이 되어 생각하는 수준이 높아진 탓이라고 가볍게 넘기려는데 이어지는 글을 읽자 가슴이 떨리기 시작했다.

'저는 선생님을 한시라도 잊은 적이 없습니다.……'

'선생님 저는 그때를 못 잊어요. 한겨울 추운 날 선생님을 위해서 아이들이 힘을 모아 우리 교실 바로 아래 운동장에서 하트를 그려 선생님을 사랑한다고 외쳤었죠. 그때를 못 잊겠습니다. 선생님을 존경하고 싶은 아이들, 선생님을 믿고 존경하는 우리 6-7반 졸업생들은 선생님을 못 잊을 겁니다.'

잔잔하게 차오르는 행복감은 그 날의 감동과 여운을 되살려주었다.

교직생활의 보람을 느낀 날!

아이들을 사랑한 것이 아니라 오히려 아이들에게서 사랑을 배운 날이다.

삼 년 전 잔뜩 찌푸린 얼굴처럼 우중충한 십이월의 초겨울 날이었다. 수업시간에 집중은 하지 않고 초등학생으로서는 상상하기 어려운 문제행동을 연속으로 일으키는 아이들에 대해 회의를 느껴 애정도 식을 대로 식었다. 음산한 날씨만큼이나 우울하던 나는 틈만 나면 들려주던 이야기와 시 감상도 며칠째 하지 않고 웃음을 잃은 채 시무룩한 표정으로 아이들을 대했다. 점심 식사를 끝낸 남자아이들은 삼삼오오 떼를 지어 운동장으로 놀러 나갔다. 교실에는 반장을 중심으로 한 몇 몇의 여학생이 모여 수군수군 이야기를 나누는 모습이 눈에 띄었다. 무심히 창밖을 내다보고 있는 데 진눈깨비가 내렸다. 첫 눈이었다.

'청승스레 진눈깨비라니, 함박눈이나 좀 내리지 않고…….'

그 때 유리라는 여자아이가 다가왔다.

"선생님! 창문 밖을 내다보지 마세요. 조금 후에 저희들이 선생님하고 부르면 그 때 창문 아래를 내다보세요. 그때까지 절대로 창문 밖을 내다보시면 안 돼요 꼭 약속해야 해요"

유리를 위시한 아이들이 하나 둘 교실을 빠져나갔다. 교실에는 나 혼자만 덩그마니 남아 정적이 감도는 가운데 손으로 턱을 괴고 앉아 있었다. 잠시 후 운동장에서 함성소리가 크게 들렸다. 일어나서 창문 밖을 내다보니 도대체 이런 일이? 교실을 향하여 하트모양으로 늘어선 우리 반 아이들의 합창소리였다.

"선생님, 사랑해요. 정말로 사랑해요."

진눈깨비를 맞으며 오들오들 떨면서 목은 있는 대로 길게 뽑아 4층을 향하여 앵무새처럼 입을 오므렸다 닫았다하며 '선생님 사랑해요'를 합창하는 게 아닌가.

가슴이 찡하면서 눈물이 나기 시작했다. 나만 마음이 아픈 게 아니었구나. 어른인 나는 저 아이들을 사랑하지 않았는데 저 아이들이 먼저 사랑을 하는구나.

"추우니까 빨리 교실로 들어와"

부끄럽기도 하고 차오르는 행복의 포만감에 즉흥시를 지어 칠판
에 적었다.

　　첫 눈 내리던 날

　　사랑해요 합창소리
　　하늘가를 맴돌고
　　피어나는 미소는 행복하여라

　　순수 빛깔 닮은 마음
　　마냥 설레고
　　사랑과 이해
　　한마음 우물 속
　　추억의 빛이 되어라.

지치고 힘들어 보이는 선생님을 위해 '사랑 쇼'를 벌일 줄 아는
그 아이들 한 명 한 명을 가슴속에 새긴 날이다. 일기장에는 '사랑
을 배운 날'이라고 기록되어 있다. 감동과 여운을 안겨준 이런
멋진 선물은 내 생애에 최고의 선물이 되어 지치고 힘들 때 등불이
되어 주리라 믿는다.

가슴과 가슴을 덥혀 주었던 그날의 이야기가 인수에게도 아름다
운 추억이 되어 먼 훗날까지 따스한 온기로 남았으면 하는 바람이다.

재회

현관문을 들어서면 신발장 위에 하얀 대형 꽃바구니가 향기로 맞아준다. 비록 시들어 화려한 자태는 사라졌지만, 코끝을 갖다대면 꽃향기보다 더 아름다운 사람의 향기가 온 마음으로 전해져온다.

스승의 날 전날 교실로 대형꽃바구니가 배달되었다.

"와아! 예쁘다."

탄성을 질러대는 아이들을 향해 꽃 속에 수줍은 듯 꽂혀 있는 카드를 소리 내어 읽기 시작했다.

'가르침 받은 지 24년이 지나서야 이렇게 찾아뵙게 되어 죄송합니다. 그리고 감사드립니다. 행복한 하루 되세요.'

1983년 개금초등학교

1학년 2반 주성아 올림

며칠 전 퇴근 무렵 자기를 기억하느냐고 전화를 걸어온 성아가 보낸 꽃다발이다. 그 순간 귀엽던 얼굴이며 목소리까지 금방 기억해 냈다. 인형같이 깜찍스럽던 용모, 무엇이든 열심히 하던 모습이 떠올랐다. '선생님께 드리는 선물'이라며 내 모습을 크레파스로 예쁘게 그린 그림까지 간직하고 있다고 말해주었다. 그 날 벅차오르는 기쁨을 누르지 못한 채 만나는 이들한테 이십사 년 전 제자한테서 연락이 왔다고 자랑하기 시작했다.

성아는 초임지 부산에서 근무할 때 담임을 맡았던 우리 반 여학생이다. 키가 작아 맨 앞줄에 앉아 눈을 반짝이던 그 애는 다른 아이들보다 유난히 나를 따랐고, 어느 시간을 막론하고 열심히 공부하는 똑순이었다. 일 학년 꼬마가 서른둘의 아가씨로 변해 자기의 일과 사회를 위해 봉사하는 직업을 가지고 있다는 사실이 무척 자랑스러웠다.

며칠 뒤 우리는 잠실에서 만나기로 했고 오랜 시간이 흘렀음에도 불구하고 약속 장소에서 금방 알아보았다. 쏟아지는 비와는 상관없이 마음은 반가움으로 활짝 개어 이십사 년 전의 시절로 돌아가 이야기꽃을 피웠다.

"너를 만나려면 무슨 옷을 입을까?"

밤늦도록 이 옷 저 옷을 꺼내 입으며 패션쇼를 했다는 내 말에 마주 보고 미소를 짓기도 했다. 내가 선물로 준비해간 귀걸이를 마음에 든다며 즉석에서 바꿔 다는 마음이 고마웠다. 대형 꽃다발만으로도 행복한 내게 커피 대신 녹차를 즐겨 마신다며 정성껏 고른다기를 선물로 전해준다. 인터넷에서 혹시나 선생님이 아닐까 싶어 몇 년을 찾아보며 망설이다 용기를 냈다고 한다.

'가장 슬픈 건 잊혀지는 것이다.'

로제티 시에 의하면 오랫동안 기억해 준 사람이 있으니 나는 가장 행복한 사람이라는 등식이 생겨나는 순간이다. 저녁 식사를 하며 끊임없이 이어지는 이야기로 시간 가는 줄을 몰랐다. 아버지가 대학교 이 학년 때 뇌질환으로 돌아가셨다는 아픈 사연도 있었지만 잘 자라준 제자가 대견해 마음이 흐뭇했다. 고등학교 교사이면서 수지침을 배워 학교 학생들뿐만 아니라 주위의 아픈 사람에게 봉사를 하셨던 훌륭한 선생님이셨는데 안타까웠다. 유난히 아버지 사랑을 독차지했던 막내라 상심이 컸으리라는 생각도 들었다. 아픈 상처가 덧나지 않았을까 염려되었지만 세월은 약인지 담담히 이야기해 다행스러웠다. 언니가 결혼해서 잘 살고 있으며 지금은 산림청 고위 공무원으로 파견 근무 간 형부 따라 외국에 나가 있다고 한다. 내성적이고 얌전했던 성아와는 달리 언니는 학교에서 큰 대회마다 대표로 나가는 꽤 유명세를 떨치는 아이였다. 배드민턴 국가 대표선수 출신인 성아 엄마 역시 학교 일에 늘 봉사하는 데 앞장서던 일들이 주마등처럼 스쳐 지나갔다. RH-라 더 이상 위험해 아이를 낳지 못하는데도 아들을 낳지 않는다는 시어머니의 구박에 마음고생을 하시던 일과 입으로 시어머니의의 가래를 빨아올리던 효 실천의 일까지 기억에 떠올랐다. 할머니는 지금도 살아 계시고 요즘은 엄마와 친구같이 잘 지내신다는 말을 전한다. 흙탕물도 시간이 지나면 맑은 물이 되듯 진심과 정성 앞에는 용서와 화해의 삶이 이어진다는 믿음이 든다. 엄마가 형부를 아들 삼아 마음에 무척 들어 한다는 말과 함께 운동 코치 선생님으로 수지침 봉사 활동을 하느라 바쁘게 살고 계신다고 하였다. 통화하고 싶다는 내 말에 몇 번의 연락 끝에 통화하게 되었다. 세월이 흘러도 목소리는 상대를 금방 알 수 있게 한다는 게 신기할 정도로 서로 반가워하였다.

"우리 성아 예쁘게 잘 자랐지요. 다 선생님 덕분입니다."

이럴 때는 황송하다는 표현밖에는 달리 표현할 길이 없다. 진심 어린 목소리에 아니라고 극구 부인했지만 잘 커주어서 자랑스럽다는 말과 서울 오시면 꼭 만나보고 싶다는 마음을 전했다. 모녀가 함께 전하는 말에 감사함과 함께 '청출어람' 이란 사자성어가 떠올랐다.

지하철로 데려다 줄 때 자기보다도 엄마가 선생님을 절대 잊으면 안 된다고 누누이 일러 주었다는 말을 전한다. 인생선배로서 배울 점이 많았던 분이기에 오늘 같은 귀한 만남도 있는듯 싶다. 숙제를 잘못 알아들어 밤새워 울면서 숙제를 해갔더니 별 모양의 도장을 일곱 개나 찍어주어 마음이 풀렸단다. 그 일이 지금도 친척한테까지 두고두고 회자되고 있다고 하며, 그 때는 선생님이 그렇게 커보였는데 지금은 자기보다 작다고 수줍은 듯 말하기도 하였다. 얼마나 힘들었을까? 내가 가르친 아이 중에 성아처럼 밤새워 울면서 숙제하는 아이가 어딘가 또 있을까 싶어 나의 무심이 부끄러웠다.

수녀 이모와 신부 외삼촌을 둔 성아는 명문여대의 사회복지관의 사회복지사 팀장으로 근무하며 사회의 빛으로서 일하고 있다. 우수한 성적으로 그 대학에 특차 입학과 대학원 수석을 차지한 수재이다. 그 이전에, 몸에 밴 겸손과 봉사 정신의 아름다운 그녀를 만난 것이 올해 스승의 날에 내가 받은 가장 큰 선물이다.

제자의 결혼식

　이천팔년 이 월의 마지막 날 제자의 결혼식에 참석했다. 웨딩홀에서 보내준다는 차를 기다리다 늦을 것 같아 택시를 타고 도착하니 이미 결혼식은 시작되었다. 건장한 체격에 늠름하게 서 있는 제자와 함박웃음을 띠고 꽃처럼 나란히 서 있는 신부의 뒷모습을 지켜보는데 감회가 새로웠다.

　신랑은 88올림픽 때 서울로 전근 와서 월정초등학교 근무 시 6학년 담임을 할 때의 제자다. 그 당시 앞자리에 앉아 항상 성실한 태도로 공부를 잘하는 모범생이었다. 졸업 후 중학교에 들어가서 스승의 날 엄마가 주는 용돈을 아껴 모아 티셔츠를 사 들고 집으로 찾아왔다. 해마다 어김없이 스승의 날이면 어머니와 함께 부천 고강동에서 분당까지 인사를 하러 왔다. 동관이의 정성 못지않게 그 어머니의 정성도 지극했다. 졸업 선물로 김장김치를 담가 가져다주기도 하고 우리 집을 방문하실 때마다 마음을 표현하는 음식

을 정성껏 준비해 가져오셨다. 어린 두 아들을 데려가 며칠간 돌봐
주시기도 하였다.

제자의 꿈은 의사였다. 초등학교 4학년 때 아버지가 큰 수술을
하자 그때부터 의사가 되어 가난하고 불쌍한 사람의 병을 고치겠
다는 꿈을 가졌다. 꿈을 이루겠다고 중학교, 고등학교까지 열심히
공부하여 우수한 성적으로 졸업했다. 그러나 운이 따르지 않았는
지 수능 성적이 제대로 나오지 않아 재수를 하였다.

재수하던 해 수능을 앞둔 삼일 전이다. 대학원 수업을 듣고 열두
시가 가까워 현관문을 들어서자마자 친정어머니의 안타까운 목소
리가 들렸다.

"동관이 병원에 입원했다는 전화가 왔어."

새벽녘에 피를 토하고 쓰러졌다는 이야기를 듣고 다음 날 부천
병원으로 찾아갔다. 중환자실로 찾아갔더니 간호사가 조금 전에
독실로 옮겼다는 말을 듣고 병실로 갔다. 앙상하게 마른 몸으로
얼굴에 마스크를 하고 나를 보고 억지로 몸을 일으키는 모습을
보는 순간 눈물이 쏟아졌다. 말 한마디도 제대로 못하는 제자 앞에
서 해줄 수 있는 건 걱정과 눈물뿐이었다. 노량진 재수학원에서
너무 무리한 탓인지 폐결핵 3기로 쓰러진 것이다. 시험을 치르게
해달라는 애원에 이리 저리 알아보고 있다는 사실에 얼마나 마음
이 아팠는지 모른다. 참담한 심정으로 이미 수업이 끝나가는 강의
실로 문 열고 들어가 앉았지만 귀에는 하나도 들리지 않았다. 화장

실에 가서 눈물을 닦고 있는 걸 본 태숙 선생님이 무슨 일이냐고 물었지만 대답을 할 수가 없었다.

불심이 깊은 제자 어머니의 기도와 병을 꼭 이겨내야겠다는 제자의 의지로 완치되었다는 소식을 들었다. 그 순간 감사와 기쁨은 이루 말로 표현할 수가 없었다. 의사가 되겠다는 꿈을 접고 세 군데 명문대 법대와 동국대 경찰행정학과를 놓고 고심하다 아버지의 기대에 따라 동국대로 진학하여 군대도 다녀왔다. 군대를 못 갈 까봐 마음 졸이며 투병생활을 하던 그 때를 생각하니 기특하기만 하였다. 동국대 문화예술대학원에 다니며 학교에서 다시 만나게 되었다. 아르바이트를 하며 열심히 공부하느라 학교에서는 졸업 논문을 전해주려고 한 번밖에 만나지 못했다.

아버지가 뇌출혈로 쓰러졌다는 안타까운 소식이 전해오고 이어서 경찰행정고시 1차 합격이라는 반가운 소식을 알려주었다. 그러나 운명의 여신은 또 한번 시련을 주었다. 2차 면접에서 떨어져 고시 재수생이 되었다. 걱정하는 나에게 죄송하다는 말로 담담하게 말해 얼마나 마음이 무거웠는지 모른다.

일 년 후에 차분한 음성으로 합격했다는 제자의 목소리를 들었다.
'고생 끝에 낙이 온다.'

청출어람이라던가. 그 날은 하루 종일 붕붕 떠서 다녔다. 얼마나 기뻤는지 모른다. 참으로 자랑스러웠다. 어려운 시련을 딛고 마지막까지 열심히 전력을 다해 목표를 이룬 제자가 고맙기도 하고 장하기도 하였다.

스승의 날, 일 년의 연수 과정을 들어가 찾아뵙지 못해 죄송하다는 전화가 걸려왔다. 여름방학 때 사귀는 아가씨가 있어 함께 인사 오겠다는 날에 내가 시간이 없어 미루었다. 한 해가 저물어가는 겨울 저녁, 곧 결혼할 거라며 신부될 아가씨와 인사하러 온 날이다. 식사를 하면서 서로 음식을 권하는 모습이 어찌나 예쁘던지 사랑의 눈길로 바라보고 또 바라보았다. 후배 누나를 소개받는데 간호사로 상냥하고 예뻤다. 딱 벌어진 건장한 체격과 의젓한 모습은 시련 끝에 핀 소나무였고 아가씨는 아름다운 한송이 꽃으로 보였다.

상념에서 벗어나 바라보니 제자가 신부에게 사랑의 축가를 부르고 장미꽃 한 송이를 바치는데 가슴이 찡했다. 의장대의 세 번 통과문을 거치기 위해 장모님 앞에 가서 춤도 추고 만세삼창, 팔굽혀펴기, 신부와의 뽀뽀를 넘어선 키스의 민망한 표정까지 대견스럽기만 했다. 신부를 위해 함께 추는 춤 등 볼거리 많고 흐뭇한 결혼식이었다. 행진 마지막에 나를 보자마자 끌어안는 제자의 얼굴엔 행복의 땀방울이 보석처럼 빛났다.

'동관아, 남이 겪지 못한 많은 난관을 거치고 멋진 인생의 첫 발을 내디뎠구나. 사랑으로 행복한 가정을 꾸리길!'

주마등같이 스쳐가는 기억들 속에서 먹구름이 사라지고 햇살이 가득 퍼지는 날 신랑 신부를 위해 축복의 기도를 하였다.

출발은 희망이야

아이들이 모두 집으로 돌아간 시간, 빈 교실에 지현이와 마주 앉는다. 학년 말이 다 되어 가는데 1학기 읽기 교과서를 놓고 특별수업이 시작된다. 어제 읽은 것 다시 읽어보자는 말에 간혹 틀리기는 하지만 소리 내어 읽는 아이가 대견스럽다.

"선생님 오늘 몇 번 읽어요?"

"열 번 읽어야지."

매일같이 반복되는 말을 아나나 다를까 꼭 하고 만다. 글을 모르는 지현이를 가르치려고 반강제로 시작한 지 한 달째다. 한 번 읽고는 손가락을 펴서 아홉 번 남았네, 여덟 번 남았네 하며 꼭 확인을 한다. 모르는 글자를 동그라미 치며 따라 읽게 하기를 최소 다섯 번에서 열 번씩 하니 아이 생각에는 지겨우리라. 그렇게 해도 또 틀리니 반복시키는 것 외에는 다른 방도가 없다. 자꾸 틀리는 글자에 표정과 목소리를 과장시키니 그때서야 흥미가 느껴지는지 똑같이 따라 한다. 글자 공부가 힘들다며 엎드려 읽기도 하고 다리를 책상 위로 올려놓았다 내려놓기를 수시로 한다. 하지만 1학기 때 비해 참 많이 자랐구나하는 생각에 미소를 띠고 바라보니 멋쩍은 듯 배시시 웃는다.

지현이는 사월 초에 전학 온 아이다. 전학 오자마자 첫날부터 엎드려 세 시간이나 잠을 잤다. 학교를 연락도 없이 안 나오는 아이, 연필을 쥐고 이름 석 자뿐만 아니라 글자 한 자도 제대로 쓰지 못한다. 말을 할 때도 머리를 건들건들 흔들며 큰 목소리도 말하니 처음에는 문제가 있는 아이가 아닌가 하는 생각이 들었다. 학교에 오면 잠을 자거나 교실을 돌아다니며 큰소리로 떠드는 것이 집에 갈 때까지의 반복되는 일과다.

전학 오자마자 전화 연락도 되지 않고 학교에 오지 않는 아이를 찾아 가정방문을 갔다. 도로변을 따라 화려하고 예쁜 꽃들이 놓여 있는 화원들을 지나 '늘 푸른 화원'이라는 간판이 붙어 있는 곳이 지현이 집이다. 이름과는 전혀 다르게 푸른 나무는 커녕 꽃 한 포기 없는 비닐하우스 집이다. 아이의 이름을 한참 불러도 기척이 없어 문을 열고 들어갔다. 다 시든 대형 화분이 한 쪽에 가지런히 놓여있고 연탄재가 가득한 수돗가에는 음식물 찌꺼기가 엉겨 붙어 있었다. 아이는 엄마 없이 중학교 다니는 오빠, 그리고 밤에 치킨 장사를 하고 새벽에야 들어오는 아빠와 살고 있었다. 학교에 오는 것만이라도 다행이라고 여기자 아이에 대한 관심이 시작되었다.

학교에 오지 않으면 수시로 전화를 걸어 아버지께 보내달라고 하고 그래도 오지 않으면 집으로 찾아갔다. 아침마다 배고파 죽겠다는 아이를 위해 간식을 준비해 먹게 하면, 왜 지현이만 주느냐는 아이들 성화에 난처할 때도 많았다. 선생님 사랑을 독차지한 아이는 의기양양하게 교실을 휘젓고 다녔지만 무단결석은 쉽게 고쳐지지 않았다.

그림을 그리거나 학습지 하는 시간을 틈내 지현이에게 글자를 가르치기 시작했다. 연필을 쥐고 이름 석 자를 쓰게 하는 데 일주일이 걸렸다. 가나다라를 시작으로 겨우 받침 있는 글자를 익히려는 시점에서 그만두었다.

"아이고 어지러워, 힘들어요."

한 시간 동안 한 자도 쓰지 않아 억지로 조금이라도 쓰게 하면 그 다음날은 어김없이 학교를 오지 않는 아이다. 이렇듯 지현이와의 실랑이에 지칠 무렵 여름방학을 맞이하였다. 한글 낱자, 그림 그리기, 숫자 쓰기 등의 학습지를 모아 책으로 묶어 방학과제로 주었다. 방학동안 꼭 해오라고 신신당부를 했다. 개학이 되어 숙제를 묻는 내게 아빠가 교과서와 함께 쓰레기통에 버렸다는 말을 듣는 순간 아이를 포기하고 싶은 마음이 앞섰다.

2학기 개학과 더불어 학교평가와 연구학교 발표 준비로 몸과 마음이 바빴다. 과로와 스트레스로 한 달간 병원 다니니 그 틈새를 눈치 챈 아이들의 소란은 최고조에 달할 수밖에 없다. 수시로 무단

결석을 하고 수업 중에 소리를 지르며 돌아다니는 지현이가 눈엣
가시처럼 여겨져 야단을 쳤다. 선생님의 돌변한 태도에 겁을 먹은
아이는 눈치를 보기 시작했다. 친구들과 하루에 몇 번씩 부딪쳐
다투기도 하고 결석을 더 자주 하였다. 어린 마음에 믿고 의지하던
선생님이 자기를 싫어한다고 생각했으니 오죽 힘들었을까.

그 이후로 지현이는 수업 중에 이 글자가 무슨 글자냐고 물으며
교탁 앞으로 자주 나왔다. 어느 날은 아침 일찍 와서 창문을 다
열어 놓기도 하였다. 조금씩 노력하는 모습을 애써 모른 체 하며
지내는 가운데 텅 빈 교실 지현이의 책상위에 엄마 김난영이라고
적힌 색종이가 놓여 있었다. 싸하니 밀려드는 안쓰러움으로 가슴
이 아려오기 시작했다. 며칠 후, 지현이는 친구들이 엄마 없는
아이라고 놀렸다며 엉엉 울며 달려 나왔다. 엄마가 없는 게 아니라
엄마가 조금 있으면 집으로 돌아오니 울 필요 없다며 달래주었더
니 그제서야 눈물을 그친다.

구월에는 십구일 등교 일에 구일을 결석한 지현이가 시월에는
두 번밖에 결석을 하지 않았다. 비록 셋째 시간이나 넷째 시간에
등교하더라도 결석은 하지 않는다. 십일월은 처음으로 결석하지
않는 달이 될 것 같았다. 비록 점심때에 등교한 날도 있지만 하루
도 빼먹지 않고 5교시 특별수업은 하고 간다.

오늘은 한바닥만 하지 말고 뒷장까지 하고 가겠단다. 그 대신
다섯 번씩만 읽고 가라하니 좋아라한다. 잘 읽었다고 손뼉을 쳐주

며 칭찬을 하고 상 스티커를 책에 붙여주니 만면에 희색이다. 선물이라며 귤 하나를 주니 귤에는 비타민이 많다고 또 종알댄다. 학교만 와도 고맙다는 초심으로 아이를 바라보니 그렇게 사랑스러울 수가 없다. 힘들지만 다시 시작하는 거다. 이 학년이 되면 당당하게 친구들과 공부하는 지현이가 되길 바라는 마음이 간절하다.

낙엽이 깔린 교정을 둘어서 손을 잡고 도란도란 이야기하며 횡단보도까지 향한다. 노란 은행잎이 바람에 나부끼며 꽃잎 되어 내려온다. 지현이의 마음속에 한 폭의 수채화 같은 풍경으로 먼 훗날 기억되기를 바란다면 욕심일까? 아니면 이 순간의 순수한 마음의 빛깔일까?

손을 흔들며 집으로 향하는 아이를 향해 쏟아지는 햇살이 오늘따라 무척 따사롭다.

향수병의 추억

화장품이 진열되된 경대 왼쪽 구석에 타원형의 검정색 향수병이 십일 년 째 놓여 있다. 어쩌다 눈에 띌 경우 나는 한 아이를 떠올리며 지난날을 회상하게 된다.

천구백구십삼 년 전근을 간 학교에서 육 학년 담임을 맡았다. 첫날 여러 번 이름을 불러도 대답이 없고 보이지 않는 아이가 한 명 있었다. 모든 아이가 그 아이가 있는지 없는지도 모르는 형편이라 물어봐도 소용이 없었다.

첫날부터 결석하고 오지 않은 아이는 수희였다. 오 학년 때까지 특수학급에서 수업을 받다가 육 학년이 되어 원반이 우리 반이고 특수학급에서 수업을 받게 된 아이다. 일주일이 지나서야 특수학급 선생님의 손을 잡고 나타난 아이는 몽골리즘이라 불리는 다운 증후군의 증세가 있었다. 눈은 얼굴에 파묻혀 작아 보였지만 다행히 난시나 사시 증세는 없었다. 마주치는 순간 수줍게 웃는 얼굴이 너무 맑고 천진하여 천사 같은 느낌을 받았다. 학급 아이들로부터 소외받게 해서는 안 되겠다는 생각을 하며 연민의 정이 느껴졌다.

수희는 특수학급에서 4교시 수업을 끝내고 교실로 오면 늘 조용하고 말없이 책만 읽었다. 학습능력이 부족한 탓에 수업은 전혀 참여하지 않았지만 조금도 학습 분위기를 흐리지 않는 아이다. 가출하는 남자 아이, 도벽이 있는 여자아이, 불량배와 연계되어 친구 돈을 뺏는 아이 등 너무나 지치고 힘들게 하는 아이들에 비해 그 아이는 오히려 사랑스러운 존재였다. 가끔 집에 오지 않았다고 전화가 와서 걱정하게는 하지만 그 다음 날 웃으면서 나타나면 안도감으로 걱정을 가셨다.

"수희가 너희들보다 공부는 뒤떨어지지만 착하고 순진해서 누구보다 선생님은 사랑한단다. 그래서 천사라는 별명을 붙였어. 모두가 도와주고 함께 놀아주면 좋겠구나."

수희를 감싸고 돈 탓인지 시간이 흐르면서 점심을 함께 먹는 아이, 공기놀이를 해주면서 놀아주는 아이들이 많아지기 시작했다. 교실에 오면 손을 잡고 자리까지 데려와 앉혀주는 아이들이 점점 늘어나면서 그 애는 우리 반에서는 없어서는 안 될 특별한 존재가 되었다. 짓궂음과 반항기로 문제만 일으키는 남자 아이들조차도 수희만은 건드리지 않고 잘 대해 주었다. 그 애가 교실에 오지 않고 그냥 집으로 갔다든지 조금이라도 늦게 나타나면 나보다 반 아이들이 더 걱정을 하였다.

어느 날 특수학급 선생님께서 몹시 화가 나서 교실로 찾아오셨다. 수희가 선생님 양복 주머니에서 만원을 훔쳐갔다며 나보고도 조심하라고 하셨다. 못 믿겠다는 나의 말에 답답하다는 표정으로 한두 번이 아니며 증거도 있다고 말씀하시고 나서 그 애의 어머니를 불러 해결하신다고 하였다. 사실 여부를 떠나서 몹시 기분이 언짢고 우울했다.

'나쁘다는 것을 알고 그랬을까?'

'모르고 충동적으로 그랬을까?'

'설마 그런 짓을 했을까…… 내일 직접 물어볼까?'

결국은 나 스스로 없었던 일로 하고 평소와 다름없이 자연스럽게 대했다. 비록 마음은 실망스럽고 착잡했지만 그 애와의 좋은 관계를 깨고 싶지 않았기 때문이다.

점심시간이 되면 교실로 오던 수희가 오월 어느 날 아침부터 교실 앞에 서서 창문을 쳐다보고 있었다. 문을 열고 내다보면 이마에 땀이 송골송골 맺혀 있고 손에는 사탕이나 껌 등이 들려 있었다. 나를 보는 순간 온 얼굴이 함박 같아지며 사탕이나 껌을 내밀었다. 어느 날은 초콜릿을 들고 오기도 하고 바빠서 미처 보지 못하는 날은 친구들이 왔다고 알려줄 때까지 안타까운 듯이 바라보고 서 있었다. 매일 어디서 먹을 것을 가져오느냐고 물으면 엄마가 사주신 것을 선생님 드리려고 남겨서 가져온다고 하였다. 그만 가져와도 된다고 해도 아침이면 어김없이 교실 앞에서 내놓고 갔다. 아무리 늦어도 교실로 와서 나를 보고 가는 아이, 어느새 나도 아침이면 그 애를 기다리는 마음으로 출근하기 시작했다. 이심전심으로 서로 서로 무척 사랑하였나보다.

졸업이 가까워 올 무렵 수희는 평소보다 더 말이 없고 웃음이 적어졌다. 궁금하게 생각하던 차에 아버지가 직장암으로 곧 돌아가시게 될 것 같다는 말을 특수학급 선생님으로부터 듣게 되었다. 머잖아 맞이할 아버지의 죽음을 심각하게 받아들이지 못하는 것이 안쓰럽고 마음이 아팠지만 한편으로는 크게 느끼지 못하는 것이 잠시나마 다행스럽다는 생각도 들었다.

그 애에게 도움은 되지 못하고 안타까움만 커갈 때 졸업식을 맞게 되었다.

"수희야, 아빠 빨리 낳도록 기도 많이 해. 그리고 중학교 가서도 선생님 말씀 잘 듣고 학교 잘 다녀야 한다."

목이 메고 눈물이 났다.

"선생님, 엄마가 선물로 드리래요."

포장도 하지 않은 검은색 향수병을 내밀었다. 새것도 아닌 사용하던 것이라 양도 적고 손때가 묻어 있었다. 갑자기 먹먹해지면서 가슴이 미어지기 시작했다. 엄마 몰래 나를 주려고 가져온 것임을 알 수 있었다.

'어떻게 해야 하나'

순간적으로 혼란을 느끼다 받기로 하였다.

"수희야 고마워, 엄마한테 고맙다고 말씀드려. 선생님은 이 선물을 보며 네가 행복하게 잘 지내길 기도할게."

그 애 특유의 환한 웃음을 띠며 행복해 하는 표정을 지었다. 마음 아픈 선물이자 귀한 선물이기에 지금도 가슴 깊이 그 사연과 함께 화장대에 올려놓고 간직하고 있다.

아버지까지 잃은 환경에서 얼마나 힘들게 살까? 신은 공평하다고 할 수 있을까? 향수병을 볼 때마다 궁금함과 함께 도움이 되지 못한 아픔이 가슴 한 편에 남아 명치끝을 압박한다. 이럴 때 기도 밖에 해줄 수 없는 자신에 대한 한계를 느끼며 인간의 존엄성에 대해 많은 생각을 해본다.